LUPITA

GOSTAVA

de ENGOMAR

LAURA ESQUIVEL

LUPITA GOSTAVA de ENGOMAR

Tradução
Joana Angélica D'Ávila Melo

1ª edição

Rio de Janeiro | 2018

Copyright © Laura Esquivel, 2014
Publicado no Brasil mediante acordo com Casanovas & Lynch Agencia
Literaria S.L. Primeira edição publicada no México em 2014.

Título original: *A Lupita le gustaba planchar*

Capa: Angelo Allevato Bottino & Fernanda Mello

Texto revisado segundo o novo
Acordo Ortográfico da Língua Portuguesa

2018
Impresso no Brasil
Printed in Brazil

CIP-BRASIL. CATALOGAÇÃO NA PUBLICAÇÃO
SINDICATO NACIONAL DOS EDITORES DE LIVROS, RJ

Esquivel, Laura
E81L   Lupita gostava de engomar / Laura Esquivel; tradução de
Joana Angélica d'Ávila Melo. – 1ª ed. – Rio de Janeiro:
Bertrand Brasil, 2018.

Tradução de: A Lupita le gustaba planchar
ISBN 978-85-286-2308-6

1. Ficção mexicana. I. Melo, Joana Angélica d'Ávila.
II. Título.

CDD: 868.99213
18-47993   CDU: 821.134.2(72)-3

Meri Gleice Rodrigues de Souza – Bibliotecária CRB-7/6439

Todos os direitos reservados. Não é permitida a reprodução total ou parcial desta
obra, por quaisquer meios, sem a prévia autorização por escrito da Editora.

Direitos exclusivos de publicação em língua
portuguesa somente para o Brasil adquiridos pela:
EDITORA BERTRAND BRASIL LTDA.
Rua Argentina, 171 – 2º andar – São Cristóvão
20921-380 – Rio de Janeiro – RJ
Tel.: (21) 2585-2000 – Fax: (21) 2585-2084

Atendimento e venda direta ao leitor:
mdireto@record.com.br ou (21) 2585-2002

Para Guadalupe

LUPITA GOSTAVA DE ENGOMAR

Lupita gostava de engomar.

Podia ficar longas horas empenhada nessa atividade sem dar sinais de cansaço. Passar roupas lhe dava paz. Considerava sua melhor terapia e recorria diariamente a ela, inclusive depois de um longo dia de trabalho. A paixão por passar roupas era uma prática herdada de dona Trini, sua mãe, que lavou e passou a trabalho a vida inteira. Lupita invariavelmente repetia o ritual aprendido com sua sacrossanta progenitora, o qual se iniciava com o correto borrifamento da roupa. Os modernos ferros a vapor não requeriam que esta fosse umedecida previamente, mas para Lupita não existia outra maneira de engomar; dispensar o borrifamento representava um sacrilégio.

Nesse dia, ao entrar em casa, dirigiu-se imediatamente à tábua e começou a borrifar as peças. Suas mãos tremiam como as de uma pinguça de ressaca, facilitando-lhe o trabalho. Era urgente pensar em outra coisa que não o assassinato do doutor Arturo Larreaga, administrador de seu distrito, fato que ela havia presenciado muito de perto, poucas horas antes.

Enquanto esperava a roupa ficar umedecida, foi para o banheiro. Abriu o chuveiro e deixou a água fria cair em um balde no qual havia colocado bastante sabão. Antes de entrar embaixo do chuveiro, abriu uma sacola de plástico e ficou enjoada com o odor da calça urinada que guardara ali. Deixou-a de molho no balde e tomou uma chuveirada. A água a livrou do desagradável cheiro de urina que emanava do seu corpo, mas não pôde remover a vergonha incrustada na sua alma. O que teriam pensado a seu respeito todos os que perceberam? Como a veriam dali em diante? Como fazê-los se esquecer da patética imagem de uma policial gorda, parada no meio da cena do crime, com a calça encharcada? Ela, em sua empedernida mania de criticar, sabia melhor do que ninguém o poder da imagem. O que mais a angustiava era pensar em Inocencio, o novo motorista do administrador. Na última semana, ela se empenhara tanto em ser notada por ele... E para quê? Sabia que dali em diante, sempre que a cumprimentasse, Inocencio se lembraria dela com a calça molhada. Bela forma de chamar a atenção! Embora tivesse que reconhecer que o homem havia se comportado com especial delicadeza em relação a ela. Lembrou-se de que, enquanto esperava para prestar depoimento, afastara-se de todos os outros para que seu odor não os incomodasse. De repente viu que Inocencio se aproximava e entrou em pânico. A última coisa que desejava na vida era que ele sentisse seu cheiro. Ele trazia no braço uma calça de casimira que guardava no porta-malas do carro. Tinha acabado de buscá-la na tinturaria e amavelmente a ofereceu a Lupita para que ela se trocasse. Não só fez isso, como também lhe emprestou seu lenço para que enxugasse as lágrimas. Lupita nunca, em toda a sua vida esqueceria esse ato de ternura. Nunca. Mas agora preferia não pensar nisso, porque já não conseguia lidar com a quantidade de emoções que vinha experimentando desde a manhã. Estava tão esgotada que precisava urgentemente passar roupa. Enxugou o corpo vigorosamente, vestiu a camisola e correu para ligar o ferro.

Passar roupa aquietava seu pensamento, devolvia-lhe a lucidez, como se desfazer rugas fosse sua maneira de arrumar o mundo e exercer sua autoridade. Para ela, desenrugar era uma espécie de aniquilamento mediante o qual a ruga morria para dar lugar à ordem, coisa que este dia requeria mais do que nunca. Precisava encher seus olhos de branco, de limpeza, de pureza, e com isso confirmar que tudo estava sob controle, que não havia fios soltos, que na esquina da Aldama com a Ayuntamiento, bem em frente ao Jardín Cuitláhuac, não havia manchas de sangue.

Esses eram os desejos de Lupita. Todavia, em vez disso, os lençóis brancos se transformaram em pequenas telas de cinema sobre as quais começaram a se projetar cenas do que acontecera naquela tarde.

Lupita viu a si mesma atravessando a rua em frente ao Jardín Cuitláhuac em direção ao carro do administrador distrital. Inocencio, o motorista do doutor Larreaga, abria a porta para ele. O doutor andava falando ao telefone. Lupita cruzou com um homem que levantou o braço para cumprimentar o administrador. Este levou a mão ao pescoço, que começou a sangrar abundantemente. Lupita não se lembrava de ter escutado algum tiro. A partir desse momento, foi tudo uma confusão. Ela gritou e tentou ajudar o homem. Era um verdadeiro mistério o que havia acontecido diante dos seus próprios olhos. Ninguém disparara contra ele. Não houvera nenhuma explosão. Tampouco encontraram evidências de que alguém tivesse sacado uma navalha. No entanto, o ferimento na jugular que fez o doutor Larreaga morrer dessangrado foi causado por um objeto perfurocortante. Enfim, por mais que se empenhasse em entender o que ocorrera, mais dúvidas surgiam. Quanto mais se esforçava para esquecer o olhar de surpresa que o doutor Larreaga mostrara antes de receber o ferimento que lhe arrebataria a vida, mais fortemente ela o revia; e a lembrança lhe provocava náusea, tremor, angústia, incômodo, raiva, indignação... medo. Um medo enorme. Lupita conhecia o medo. Tinha-o experimentado milhares de vezes. Farejava, percebia, adivinhava o medo, tanto o dela como o dos outros. Como um cachorro de rua, detectava-o a metros de distância. Pela forma de caminhar, sabia quem temia ser estuprada ou roubada. Quem temia ser discriminado. Quem temia a velhice. Quem temia a pobreza. Quem temia o sequestro. Mas não havia nada mais evidente para ela do que o medo de não ser amado. De passar despercebido. De ser ignorado. Esse era precisamente seu principal medo, e agora ela o sentia na carne, embora tivesse atraído a atenção pública por horas. Embora todos a tivessem interrogado. Embora tivesse aparecido em todos os noticiários como a principal testemunha de um possível assassinato. Embora sua palavra fosse a que podia levar a polícia à captura do desaparecido culpado. Fora tão pressionada a dar sua versão dos fatos que se vira forçada a declarar qualquer coisa, só para não parecer uma estúpida que não havia visto nem escutado nada, e tudo isso lhe gerava um medo crescente de cair em um ridículo ainda maior.

Escutou quando um repórter da Televisa, ao relatar que ela havia se urinado, disse: "é o que acontece quando aceitam 'empregadinhas' como policiais." Quem aquele imbecil pensava que era? O pior era que aquele comentário doía. Feria. Isolava-a em sua condição de cidadã de terceira. Colocava-a dentro do grupo dos que nunca serão queridos nem admirados, mesmo que estejam no olho do furacão. Sua pronta atuação para ajudar o administrador distrital não evitou que fosse motivo de escárnio pelo fato de ter urinado na calça. O que mais a feria era se lembrar do olhar zombeteiro do agente do Ministério Público quando, ao prestar seu depoimento, ela mencionou que achava importante o desaparecimento de uma ruga no colarinho da camisa do doutor Larreaga. Lupita sentia que não se explicara bem, que não tinha conseguido mostrar a importância da mencionada ruga, presente na camisa que o administrador usava pela manhã e que repentinamente havia desaparecido na que vestia no momento do assassinato. E muito menos que, a seu ver, isso abria uma linha de investigação.

Constatar que havia feito um papel ridículo a consumia por dentro. Sentia um fogo interno lhe acender o rosto. Era tal o seu mal-estar que não conseguiu ficar em paz nem depois de ter passado roupa por duas horas seguidas. Sua mente ia de um lado para outro, assim como o ferro. Lupita não se dava conta, mas, diferentemente de outras ocasiões, seus movimentos eram bruscos e desajeitados. Deslizava o ferro sobre o tecido de maneira descontrolada, fazendo com que este se enrugasse, o que a obrigava a borrifar novamente a peça para tirar as marcas. O vapor que subia da roupa a incomodava, aumentava a sensação de calor que tinha dentro do corpo. Na altura do esterno havia se acumulado uma quantidade enorme de vergonha que girava enlouquecidamente. Não conseguia descrever o que sentia; parecia um ataque de gastrite ou a ardência que o refluxo causava no esôfago. Era uma espécie de fogo destruidor que a impelia a querer sair do seu corpo, se afastar e fugir de si mesma antes de ser destruída pelas chamas. De tanta taquicardia, sentia o coração quase saindo pela boca. As mãos começaram a ficar dormentes. Por um lado desejava não estar no mundo, não ser ela; ao mesmo tempo, tinha um medo enorme de morrer. Não conseguia respirar. Pressentia que, de um momento para outro, podia perder o controle sobre sua mente e ficar totalmente louca. Desligou o ferro e o deixou de lado. Tinha urgência de aliviar um pouco a dor que sentia, senão explodiria de tanta angústia.

Para completar, seu padrinho dos Alcoólicos Anônimos não atendia ao telefone. Já tinha deixado várias mensagens, e nada. Talvez, aproveitando o dia festivo, ele tivesse enforcado o trabalho. Ela tinha uma lista de companheiros aos quais podia recorrer para pedir ajuda, mas não encontrou ninguém. Malditos feriados! Maldito país! Malditos comentaristas de tevê! Malditos políticos corruptos! A que ponto chegaram para que o administrador distrital não atrapalhasse seus planos! Malditos capangas! Malditos narcotraficantes! E malditos viciados gringos! Se não consumissem a maior parte da droga que se produz no mundo, não haveria tantos cartéis. Malditos narcogovernos! Se não precisassem tanto do dinheiro ilegal que as drogas proporcionam, não haveria tanta morte. Malditos legisladores cagões! Se tivessem colhões para legalizar a compra e venda de entorpecentes, não haveria tanto crime organizado! Nem tanta maldita ambição pelo dinheiro fácil! Nem tanta desordem, caralho! E maldito Deus, que, sabe-se lá por que, anda tão distraído! Lupita continuou maldizendo até que não faltou ninguém na lista, inclusive ela mesma. Isso porque, em algum momento da sua vida, Lupita havia chegado a proteger varejistas do tráfico, os chamados "vapores", a fim de garantir seu abastecimento de drogas.

Por um momento esteve prestes a comprar uma garrafa de tequila, mas a memória do seu filho morto a conteve. Jurara diante do cadáver que nunca mais iria beber e não queria quebrar a promessa. Tentou se lembrar do rosto do filho e não conseguiu. A imagem ficava embaçada.

Parecia evitá-la. Tentou recordar seu riso infantil, mas teve os mesmos resultados. Era como se não tivesse o registrado na memória. Esta funcionava de maneira estranha. Sabe-se lá a quem obedecia, mas não a Lupita. Mais ainda: era a melhor arma de que ela dispunha para ferir a si mesma. Só recordava aquilo que doía, que a torturava, que a fazia se sentir a pior de todas as mulheres e mães do mundo. Não podia recordar eventos alegres e iluminados sem relacioná-los com outros totalmente dolorosos e arrasadores. Depois de grande esforço, conseguiu se lembrar da cor dos olhos do filho; veio-lhe à mente o inocente olhar do menino com a expressão de surpresa que fez quando ela, alcoolizada, deu-lhe a pancada que o fez acidentalmente perder a vida, e então se dobrou de dor. Um golpe de culpa a açoitou, jogando-a no chão e a obrigando a chorar como um animal ferido.

Naquela noite, pela primeira vez em sua vida, Lupita deixou sobre a tábua umas roupas sem passar.

LUPITA GOSTAVA DE ENCHER A CARA

Lupita gostava de encher a cara.

Puxa! E como! Até se perder por completo. Digamos que o que mais a agradava na bebida era não estar em si mesma. Evadir-se, desconectar-se, escapar, liberar-se. O álcool lhe oferecia uma maneira de deixar de ser ela sem precisar morrer. E, por meio da bebida, não só se diluía seu dolorido "eu" como o mundo inteiro desaparecia diante dos seus olhos e parava de lhe provocar sofrimento. Em outras palavras, o álcool a anestesiava por completo. Quando menina, bastava-lhe a observação dos movimentos de alguma aranha ou formiga para deixar de pensar nos seus problemas; mas, à medida que crescia, foi precisando de algo mais poderoso do que a simples contemplação. Como escolheu o álcool? Não se lembrava. Seu contato com o álcool começou em idade precoce. A bebida foi a presença mais constante no seu entorno social e familiar. Não havia festa ou celebração em que ela não estivesse presente. No dia em que tomou seu primeiro porre, só viu os benefícios que isso oferecia. Talvez a tivesse atraído a mudança de personalidade que seu padrasto experimentava quando chegava em casa bêbado. Em geral, ele era um homem taciturno, reservado e de olhar duro, mas, quando se embriagava, tornava-se conversador, alegre e até simpático, que não conseguia evitar que lhe escapasse dos olhos uma centelha de travessura.

Nesses dias Lupita gostava de estar perto dele, já que em geral o padrasto a ignorava solenemente e só se dirigia a ela por monossílabos que mais pareciam grunhidos do que outra coisa. Em contrapartida, quando estava bêbado, acariciava-lhe a cabeça, fazia piadas, e os dois podiam rir juntos, coisa que a divertia enormemente. Nesses dias Lupita amava o álcool. E mais, quando o padrasto chegava do trabalho, ela lhe trazia uma "gelada" para que a tarde fosse alegre. Sua percepção do álcool mudou drasticamente no dia em que, completamente bêbado, ele a estuprou. Nesse dia, ela odiou o álcool. Odiou o cheiro que o corpo do padrasto exalava e odiou a capacidade destruidora que o álcool tinha. A partir desse dia, sua relação com a bebida flutuou entre o amor e o ódio.

O estupro a transformou em uma menina reservada, arisca e mal-humorada, que não gostava de ser tocada, beijada ou acariciada. Parou de dançar, de cantar, de se divertir. Isolou-se completamente até o dia em que, em uma festa da vila, viu entrar pelo portão um vizinho que a atraía, Manolo. Nesse instante desejou com toda a alma ser outra pessoa, transformar-se em uma adolescente simpática, atrevida e sensual que fosse a rainha da noite e que, com seu poder de sedução, atraísse o amor da sua vida. Recorreu à bebida como instrumento da mudança. Estava tão cansada de ser a menina triste da turma que, sem pensar muito, bebeu uma cuba-libre e depois outra e mais outra. Celia, sua melhor amiga, aconselhou-a a se controlar. Por sorte, Lupita obedeceu e parou de beber bem a tempo. Não chegou a se embriagar totalmente, o máximo a que chegou foi um adequado estado de exaltação que lhe permitiu alcançar seu objetivo: indiscutivelmente, foi a atração da festa. Sorriu, brincou e dançou como louca. Todos se surpreenderam, já que ela nem sempre se animava a dançar em público por sentir um temor imenso de que a vissem e a julgassem, de que, em determinado momento, seus pés errassem o passo e a deixassem em evidência. Não suportava a ideia de ser o alvo da zombaria dos colegas. Mas, naquela noite, Manolo a tirou para dançar e ela se deixou conduzir. Foram o par da festa, e, por muitos dias, os vizinhos não comentaram outra coisa senão que Lupita estava "ótima" e dançava muito bem.

Na mente dela, o álcool se transformou no seu melhor aliado, seu passaporte para a liberdade. Através dele, podia acessar um mundo onde não existia o medo. O medo de ser vista, tocada, de ser estuprada novamente.

Lupita e Manolo começaram a namorar durante a festa, e foi sob a influência do álcool que ela recebeu o primeiro beijo, as primeiras carícias, e experimentou suas primeiras umidades vaginais. A partir desse dia, recorria ao álcool sempre que precisava criar coragem. Sentia que somente com três copos no bucho podia ser ela mesma, ou seja, a mais alegre e sensual, a número um, sem se importar em absoluto com o fato de habitar um corpo gorducho e de baixa estatura.

Na noite em que completou 15 anos, sua mãe organizou uma festa inesquecível. Dona Trini economizou por muitos anos para que o evento fosse o que sua filha sonhava. Alugou um salão e comprou para Lupita um vestido cheio de tules que a faziam parecer mais gorda do que era. Quando viu o vestido, a garota imediatamente se deu conta de que não teria coragem para se apresentar diante de todos os parentes e amigos sem meia garrafa de tequila na cabeça. Antes da valsa, trancou-se no banheiro e entornou a garrafa.

Lembrava-se de haver feito sua aparição triunfal diante de todos os convidados e de nada mais. Não recordava absolutamente nada mais. Mesmo agora, não conseguia lembrar o mínimo detalhe do baile. Nunca soube se suas damas haviam se enganado ou se Manolo, seu par, tinha transado com ela ou não. Sua mente estava em branco. A mãe lhe disse que ela, ao dançar com o padrasto, havia até deixado escapar algumas lágrimas que dona Trini atribuiu à felicidade do momento, mas Lupita sabia que, na verdade, se deviam ao asco e à vergonha de se sentir nos braços do padrasto alcoólatra.

A única recordação que restou desse dia se instalou em sua mente meses depois, quando recebeu da médica a notícia de que estava grávida. Foi então que soube o que o uso indiscriminado do álcool era capaz de causar. Foi então que tudo saiu do controle. Foi então que sua vida deu uma guinada determinante. Contudo, e embora estivesse a par da maneira como a bebida havia destruído sua vida e acabado com suas relações familiares e amorosas, Lupita continuava sentindo falta dos porres que tomava.

Tinha urgência em tomar um trago. Bem, não, muitos tragos. Não lhe importavam as consequências nem a ressaca que provocariam. Naquele momento, daria qualquer coisa para beber até morrer. Ou ao menos até que aquela noite infernal terminasse.

LUPITA GOSTAVA DE LAVAR

Lupita gostava de lavar.

Adorava meter as mãos na água e repetir sua oração pessoal preferida: "Só por hoje. Só por hoje preferirei a água ao álcool. Só por hoje deixarei que a água me limpe e purifique." Lupita gostava de viver em sobriedade, mas ficava angustiava por saber que, como pinguça, havia feito muitas coisas das quais não tinha registro e que lhe causavam uma culpa muito maior por não recordar. Não desejava a ninguém essas lacunas mentais. Acordar em um hotel, nua, estuprada e espancada, ou no meio da rua, despojada dos seus pertences. Um dos passos no programa dos Alcoólicos Anônimos consistia em pedir desculpas e tentar reparar o dano feito. Lupita já tinha cumprido esse passo até onde podia, ou seja, até onde se lembrava. Porém, o que fazer no caso de não ter a mínima ideia do que havia aprontado, de quem havia agredido ou insulta-do? Isso sem falar do caso de haver roubado, assaltado ou esfaqueado outra pessoa. Contudo, depois de uma sessão no tanque, sentia que a sujeira da sua roupa havia escoado pelo ralo junto suas enormes culpas. O tanque era o lugar onde admitia seus pecados conscientes e inconscientes e depois os soltava, deixava-os ir embora pelo encanamento. Sem saber muito bem o motivo, sentia que na água habitava uma presença sagrada e que, em seu reflexo, podia encontrar uma imagem pura e limpa dela mesma.

Com essa intenção em mente, Lupita se inclinava neste dia ante essa presença invisível, implorando por clareza. Não queria recair na bebida. Queria escolher a água como sua padroeira e protetora, como sua ama e senhora.

TLAZOLTÉOTL

Tlazoltéotl era uma deusa asteca que os espanhóis classificaram como a comedora de imundícies, mas novos estudos referentes à sua simbologia dentro do mundo espiritual pré-hispânico revelam que era a divindade da fertilidade, presente em todos os processos da vida, desde o nascimento até a morte, incluindo a ressurreição. Em cada etapa, tinha uma invocação diferente e representava um processo diferente, mas, definitivamente, sua presença dentro dos templos e rituais era indispensável para garantir a manutenção da vida. Durante o nascimento, ela participava como a grande purificadora. Durante a vida terrestre, era conhecida como a deusa das tecelãs, as que enroupavam, vestiam. Durante a morte, fazia-se acompanhar pelas Cihuateteo, as mulheres mortas no parto, para que escoltassem o sol em seu percurso pelos céus e o ajudassem a renascer. Tinha um templo onde os homens confessavam seus pecados, os quais, ao serem perdoados, se transmutavam em luz, em vida renovada. Essa era sua verdadeira função: transmutar tudo aquilo que é descartado para transformá-lo em fertilizante.

Nesse instante Lupita não pôde evitar imaginar se já teriam lavado o sangue do administrador distrital que ficou impregnado na calçada e pensar no percurso que essa água teria seguido.

Pensar no sangue dele percorrendo a tubulação a levou a refletir sobre o sangue-frio com que a natureza atua. Depois que os trabalhadores da limpeza terminarem seu serviço, assunto encerrado! A água soluciona problemas. Dilui, limpa, purifica. Depois que lavarem a rua, os transeuntes não perceberão que houve um assassinato bem ali. A água não tinha necessidade de ir atrás dos culpados. De buscá-los. De julgá-los. De condená-los. Trabalhava de outra maneira, e Lupita gostava da sua forma de litigar. O sistema judicial do tanque era implacável e democrático. A roupa não se deixava corromper. Com água e sabão, podia-se acabar até com a pior sujeira, sem que entrassem em jogo interesses mesquinhos. E, depois de uma adequada passada a ferro, não restava rastro da desordem. Tudo voltava ao seu lugar. A frase favorita de Lupita, quando terminava de lavar, era "à terra o que é da terra e ao sol o que é do sol". No caso do sangue do doutor Larreaga, perguntava-se qual parte pertencia à terra e qual parte pertencia ao sol. Não ficava claro para ela. A essência dele viajaria na água e mais cedo ou mais tarde evaporaria. Nesse vaporoso estado, chegaria ao céu e retornaria novamente à Terra em forma de chuva. Ou seja, estaria presente tanto na memória da terra como na do céu.

Essa reflexão inquietou a alma de Lupita. Nesse momento, ela lavava a calça que havia deixado de molho na noite anterior. Nela se misturavam restos da urina e do sangue do administrador que manchara a sua roupa. Tal combinação de líquidos percorreria o encanamento ao mesmo tempo. A água continha a memória de ambos. Por um lado, a água apagava a evidência do acontecido, mas ao mesmo tempo transportava a essência tanto do administrador como de Lupita. E ela não queria de maneira alguma permanecer dessa forma na memória da água. Queria que a terra a engolisse e a deixasse na escuridão pelo tempo suficiente para que ela se renovasse. Não queria compartilhar sua vergonha com ninguém. Queria viajar pela tubulação sem ser notada. Encolher-se nos braços da avó em uma gruta subterrânea onde ninguém a visse, onde pudesse estar em paz sem ser julgada. É fácil remover da roupa os restos de urina e de sangue, mas é complicado afugentá-los da memória. Eles tinham se incrustado ali e não havia maneira de eliminá-los. Lupita repetia várias vezes "só por hoje", "só por hoje vou deixar que a água me purifique", mas as imagens do que havia presenciado não desapareciam da sua mente, pele, nariz e pupilas, embora ela estivesse tão sonolenta que era difícil focar a vista sobre a calça, enquanto a batia afanosamente sobre a pedra do tanque comunitário.

Contudo, sua súplica foi ouvida, e a água se desviou do caminho. Assim como as águas do mar respondem ao chamado da lua, a água do encanamento respondeu à súplica de Lupita. Por um minúsculo furo na tubulação que conectava a vila com a drenagem subterrânea, a água saiu do seu curso e começou a impregnar a terra. Quando a umidade já era considerável, a água escorreu até o interior de uma caverna profunda, onde passou a cair gota a gota. Nesse mesmo lugar, três noites antes, havia acontecido uma cerimônia muito especial.

Três noites antes... noite de lua cheia.

O rosto de Concepción Ugalde, iluminado pela tocha que levava na mão, dava-lhe uma aparência fantasmagórica. Dona Concepción era uma xamã respeitada pelo conselho de anciãos da sua comunidade. Entre eles, era mais conhecida como Conchita. Uma mulher de idade indecifrável, de rosto amável e longas tranças grisalhas. Seus pés deslizavam lentamente sobre as rochas de uma caverna abandonada. As brancas paredes do lugar se formaram milhares de anos antes como resultado do escoamento de rios subterrâneos que continham uma grande quantidade de carbonato de cálcio. Com o tempo, o fluxo constante de água formara cascatas petrificadas. Conchita estava acompanhada por um grupo de homens e mulheres que caminhavam atrás dela em completo silêncio, formando uma fila. Cada um levava uma tocha. Entraram profundamente em um dos túneis até chegarem a uma câmara em forma de meia-lua e de grande amplitude. O lugar era impressionante. Imponente. Do meio das pedras brancas da sua superfície brotava a água que abastecia quatro mananciais. Cada um deles apontava para um ponto cardeal. A água dos mananciais descia por um canal até o centro do lugar onde as quatro correntes se reuniam dentro do que parecia ser um cenote sagrado. A água redemoinhava e se misturava, desprendendo um agradável vapor.

Uma escadaria de pedra, formada por treze degraus, baixava por um dos lados até o cenote. Conchita desceu e entrou na água. Tirou um círculo de obsidiana de dentro de uma mochilinha que lhe pendia do pescoço e o levantou para o céu. Nesse preciso instante, um raio de lua se insinuou por um orifício da gruta e iluminou a pedra que Conchita segurava entre os dedos. As pessoas que a acompanhavam começaram a cantar. Um jovem se aproximou dela e recebeu a pedra. O nome dele era Tenoch. Seus negros olhos brilhavam tanto quanto a obsidiana. Ele usava alargadores e um beiçote no lábio inferior, fabricados também com o mesmo material vulcânico. Conchita lhe disse:

— Que da escuridão em que nosso povo caiu surja vigorosamente a luz. Que nossos guerreiros triunfem sobre as forças que nos impedem de ver nossa verdadeira face, nosso verdadeiro rosto, no dos nossos irmãos. Senhor Quetzalcóatl, tu que purificaste a matéria do teu corpo, que a incendiaste para transformá-la na Estrela da Manhã, tu que confrontaste o espelho negro e te livraste do seu enganoso reflexo, ajuda-nos a libertar o espírito do nosso povo para que ele possa contemplar o renascer do Quinto Sol com olhar renovado...

Lupita ignorava completamente o que acontecia no interior da terra com a água do tanque. Sua mente se encontrava em estado de confusão. Ela não conseguia sequer focar corretamente a vista. Sentia como se tivesse farinha de milho nos olhos. Não conseguira dormir. Definitivamente, aquela tinha sido a segunda pior noite da sua vida. A primeira fora quando acidentalmente matara o filho. Quando viu que o menino caiu no chão e não se levantou. Lupita largou a garrafa e caiu de cócoras ao lado dele, tomando nos braços o flácido corpo do filho, e se deu conta de que estava morto.

Segurou-o nos braços firmemente e não o soltou durante toda a noite. Não se moveu nem um milímetro da posição na qual se colocou nem foi capaz de tirar seus olhos do rosto dele. Sentiu como pouco a pouco o corpo do filho perdia calor e adquiria rigidez, assim como, ao mesmo tempo, seu próprio corpo. E, tal como havia feito na infância, tentou escapar do momento mantendo a atenção fixa sobre um evento externo. A luz da lua se filtrava por uma janela que ficava bem atrás da sua cabeça, e Lupita se dedicou a observar atentamente como sua sombra desenhava uma meia-lua sobre o rosto do filho. Teve todo o tempo do mundo para observar como essa sombra foi se modificando à medida que a noite avançava.

Primeiro só cobria os olhos e a testa dele, depois ampliou seu espectro até se tornar um eclipse total que banhou de negro toda a carinha do menino, para logo se transformar de novo em um eclipse parcial. Lupita concentrou seus pensamentos nos eclipses da lua. Pensou que talvez Galileu — assim como ela — tivesse visto algum dia um filho morrer nos seus braços em uma noite tão triste quanto aquela e assim tivesse descoberto que somente um corpo redondo que se interpõe entre a lua e o sol pode projetar uma sombra circular, e que essa era a prova irrefutável de que a Terra era redonda e girava ao redor do sol.

Durante toda a noite, não permitiu que sua mente se ocupasse de outro pensamento que não fosse a trajetória dos planetas no silêncio e na escuridão do céu. Também meditou sobre o fato de que a Terra, quando não recebe os raios do sol, esfria, e sobre como esse frio desaparece quando o sol sai novamente pelo horizonte, mas, naquela noite, a pior da sua vida, Lupita soube que seu corpo não recuperaria o calor na manhã seguinte nem no dia seguinte nem na semana seguinte nem no mês seguinte, pois compreendeu que havia matado o sol.

Demorou muito tempo para voltar a dormir e muito mais para seu corpo recuperar o calor perdido. Quando a enfiaram na prisão, as paredes da cela pareciam cálidas em comparação com a frieza do seu corpo.

LUPITA GOSTAVA DE SE AUTOCOMISERAR

Lupita gostava de se autocomiserar.

Claro que de jeito nenhum tinha consciência disso. Sua maneira de pensar e sentir se encaixava perfeitamente na psicologia de uma vítima que sofria graves problemas de autoestima. Estava convencida havia tantos anos de que não valia nada que irremediavelmente se colocava abaixo dos outros, obedecendo a um desejo inconsciente de se sentir pouca coisa. Assim cresceu e assim tinha vivido sempre. Fazia tempo que seus pensamentos ocultos e desconhecidos assumiram o comando da sua existência, tornando-se presentes nos momentos críticos com a intenção de fazê-la recriar até a exaustão o que significava ter uma vida miserável. E mais: não tinha lembrança de haver experimentado alguma vez na vida o mínimo vislumbre de bem-estar real.

"Pobre de mí" era a frase que lhe vinha à mente de maneira repetitiva, e um coro de mariachis imaginários

respondia *"¡ay corazón!"*. E de novo *"pobre de mí"* e o coro *"no sufras más"*. Letra e música correspondiam a uma canção que Pedro Infante tornara famosa. Lupita se perguntava por que, mais uma vez, a desgraça havia batido à sua porta. Por que não ficara mais alguns minutos na lanchonete onde habitualmente a deixavam usar o banheiro, fosse para aliviar o intestino ou para trocar o absorvente? Ou o que teria acontecido se, em vez de tomar o litro de água que seu médico havia recomendado para evitar os problemas urinários que tanto a incomodavam, tivesse ingerido menos líquido? Rapidamente chegou à conclusão de que, ainda que tivesse evitado mijar-se toda, alguma outra coisa terrível lhe teria acontecido. Não havia como triunfar em algo. Tudo parecia estar contra ela. O que teria acontecido em sua vida se sua estatura, em vez de ser de 1,50m, fosse de 1,80m? Talvez tivesse se tornado uma policial daquelas que atendem aos turistas na Zona Rosa. E se, em vez de pesar 73 quilos, pesasse 55? Talvez tivesse vindo a ser assistente no programa de Chabelo na televisão. E se tivesse passado no exame para cursar o preparatório dentro do Departamento de Polícia? E se seu padrasto não a tivesse estuprado? E se seu marido não lhe tivesse dado tantas surras? Que tipo de vida teria agora? Outra, definitivamente outra.

Para começar, não estaria lavando a roupa quase de madrugada para não topar com suas vizinhas, que com certeza quereriam saber tudo a respeito da estranha morte do administrador distrital.

Contudo, seu inusitado horário de trabalho provocou o que ela tanto queria evitar. A essa hora, o som produzido pela água enquanto lavava a roupa já havia despertado toda a vizinhança.

Escutou dona Chencha, que dava aulas de vocalização a vendedores ambulantes, fazer gargarejos para limpar a voz antes do horário costumeiro. Escutou dom Simón utilizar o sanitário e ouviu a porta de Celia, sua vizinha, se abrir. O rangido daquela porta era inconfundível.

Lupita se apressou em enxaguar a calça para evitar se encontrar com ela, e, quando fez isso, uma lasca se cravou em seu dedo. O temor de enfrentar Celia passou para o segundo plano, pois o sangue a impedia de descobrir o tipo de lasca que a ferira. Estava tão concentrada quem sequer se deu conta da hora em que Celia saiu da vila nem da rapidez com que retornou.

Lupita estava sugando o dedo machucado, tentando extrair de algum modo a lasca que a atormentava, quando Celia apareceu no pátio coletivo com um pote de *atole* de goiaba em uma mão e uma torta de *tamal* na outra, amavelmente os oferecendo a ela. Nesse momento, começou a chorar. Deixou-a emocionada saber que o que lhe havia acontecido na véspera podia comover a tal ponto o coração de Celia. Abraçaram-se, e a mulher também soltou o pranto como demonstração de solidariedade à querida amiga. *Este, sim, que era um ato de amor!*, pensou Lupita, e o dizia não tanto pelo pranto da vizinha, mas porque Celia, em geral, se levantava muito tarde, e agora não só havia acordado quase de madrugada como também — apesar da sua vaidade — fora capaz de sair à rua sem tomar banho nem se pentear adequadamente só para proporcionar a Lupita seu desjejum habitual.

Claro que, quando observou que embaixo do braço Celia também trazia o jornal sensacionalista *El Metro*, Lupita compreendeu que a mexeriqueira da sua amiga, além de querer paparicá-la, também tinha uma enorme curiosidade por saber o que o periódico dizia em relação à morte do administrador distrital. Sua curiosidade deveria ser infinita, porque nem quando morrera María Felix, "La Doña", ela fora capaz de se levantar cedo para interrogar Lupita, mesmo sabendo que a vizinha tinha feito parte da equipe de segurança dentro do panteão e havia estado pertíssimo de muitas personalidades do mundo do espetáculo.

— Já viu que saiu na foto?

Lupita não queria saber de nada. Nem ver nada, mas Celia se encarregou de lhe mostrar a primeira página. Ao fazer isso, percebeu que Lupita estava manchando de sangue o jornal. Perguntou o que havia acontecido, e Lupita explicou que estava com uma farpa enterrada no dedo. Celia se ofereceu imediatamente para ajudá-la. Pegou a amiga pela mão e praticamente a arrastou até o interior da sua casa, onde dispunha de todo tipo de instrumentos: tesouras, pinças, lupas, lixas de unha e tudo necessário para fazer as unhas do pé, da mão e depilação.

— Ai, mana! É um caquinho de vidro! Puxa, esses são bem difíceis de tirar...

— Um caco de vidro, como assim? Não é uma lasca de madeira? Parece preta.

— Que nada, mana! Veja, aqui está um pedacinho... olhe com a lupa.

De fato, tratava-se de uma lasca de vidro, seguramente provinda da cena do crime. A mente de Lupita a levou de imediato ao lugar dos fatos e ela lembrou que, quando se aproximou do doutor Larreaga, que estava estirado no chão, recolheu o celular que ele deixara cair. Ela guardou o telefone no bolso da calça para que ninguém o roubasse. Sempre aparecia algum babaca que se aproveitava desse tipo de situação. O celular ficara todo rachado. A lasca cravada no dedo dela certamente era da tela do aparelho.

A dor a trouxe de volta ao presente. A operação que Celia praticava em seu dedo era muito dolorosa. Contudo, Lupita encontrava nisso certo prazer. Podia-se dizer que a dor era sua praia, e Celia, de algum modo, fazia parte dela. Cresceram juntas, e, por essa razão, sua amiga testemunhara os momentos mais devastadores que Lupita havia sofrido na vida, de modo que a combinação entre Celia-dor-sangue era a coisa mais habitual em sua desafortunada existência. Tudo vinha junto, colado. Bom, convinha acrescentar um elemento extra que Celia trazia consigo: a fofoca, o boato, a voz da vizinhança. A esta altura da vida, Lupita sabia por experiência própria que deveria satisfazer a sede informativa de Celia, do contrário era provável que esta, distraída pela ânsia de obter informação, cortasse seu dedo; desse modo, passou a dar sua versão dos fatos.

Sua narração, todavia, foi interrompida o tempo todo pelas impertinentes perguntas da amiga.

— Me conte tudo! A coisa foi muito feia, mana?

— Sim, você não imagina a cara que ele fez quando o feriram, virou-se para me olhar como se pedisse ajuda, e...

— Foi nessa hora que você se urinou?

— Acho que sim, não me lembro... eu...

— Mas me diga, como o mataram? Quem cortou o pescoço dele?

— Bom, não sei...

— Ai, mana, não me venha com esta! Você não estava a poucos metros?

— Sim, mas juro que é tudo muito estranho... ninguém atirou nele... nem sequer se aproximou... o único que estava perto era o motorista.

— O novo? Aquele que você disse que te atrai?

— Sim...

— E não seria ele o assassino?

— Imagine!

Lupita queria muito não ter estado presente no lugar dos fatos. Quem dera que não estivesse de serviço naquele dia! Não, melhor ainda, que nunca tivesse nascido! Ou se pelo menos tivesse morrido muitos anos antes. Antes de ser mãe. Antes de ser alcoólatra. Antes de ter matado o filho. Antes de ter sido presa. Antes de ter testemunhado a fraude eleitoral. Antes de ver o maldito assassinato. Antes de ver como os narcotraficantes governavam o México. Antes de Celia acabar com sua mão na tentativa de remover a tal lasca de vidro.

— Desculpe, mana, machuquei você?

— Sim. Não pode tirar a lasca sem me cortar tanto?

— Não, queridinha. Está muito no fundo e não sai, olha só: quando tento puxar, ela se parte.

De fato, a cada vez que Celia conseguia pinçar a ponta da lasca, o vidro se quebrava e, em vez de sair, enterrava-se mais e mais.

— Mas me diz, é verdade que o ferimento do pescoço pode ter sido feito pelo chupa-cabras?

— Celia, pelo amor de Deus!

Lupita rapidamente se cansou de falar, ou melhor, de falar pela metade, porque Celia não lhe dava chance de concluir uma só ideia. Além disso, sentia que não sabia nem entendia nada, afora que sua vida tinha mudado. A sensação de não ter o menor controle sobre o mundo e as situações que a rodeavam lhe entorpecia o entendimento. A única coisa que conseguia perceber era que tudo o que planejava, tudo em que empenhava seu melhor esforço, tudo, estava condenado ao fracasso. Não pôde evitar relacionar a expressão do administrador distrital, quando recebeu o ferimento mortal no pescoço, com a careta de surpresa que seu filho fez quando ela o jogou no chão, e começou a chorar.

Chorou não só pelo filho morto, por ela e pelo administrador, mas também por tudo o que não pôde ser, que não pôde crescer e o que nunca foi. Chorou até por todos os pés de milho que não nascem porque os camponeses conseguem uma renda melhor plantando sementes de papoula. Chorou com raiva pela aprovação de uma reforma energética que abria as portas aos investidores estrangeiros para que se apoderassem do petróleo mexicano. Lupita tomou essa aprovação como uma ofensa pessoal. Nascera num 12 de dezembro, dia em que se celebra a Virgem de Guadalupe; por isso tinha o nome da santa. O Congreso de la Unión aprovara a reforma justamente nessa data. Lupita considerava toda a operação como uma grande traição à pátria, à Virgem e à sua própria pessoa, já que dali em diante a comemoração do seu aniversário seria manchada por esse ato vergonhoso. Lupita também chorou pelo México nas mãos dos vendedores da pátria, dos narcotraficantes, nas mãos dos que assassinam para impedir que pessoas como ela, pessoas como o doutor Larreaga, vivam.

Chorou também pelo destino de todo o distrito, que agora cairia em mãos nefastas. Sem dúvida, o controle seria assumido por um dos grupos que representavam os interesses mais corruptos e mesquinhos do partido político que se dizia de esquerda, mas que fazia acordos com as forças mais reacionárias da direita. A morte do administrador significava a morte de uma nova possibilidade. Lupita chorou e chorou por ele. Por seus grandes olhos sinceros.

Lupita acompanhara o doutor Larreaga desde que estava em campanha. Era um homem decente, um homem que queria de verdade mudar as coisas. Mas não tinham deixado que o fizesse. Não era corrupto. Desde o início da sua administração, enfrentou as máfias que controlavam o distrito. Os líderes dos bairros. Os deputados.

Os intendentes. Todos que só buscam benefício pessoal. Aqueles para os quais o México não importava coisa alguma. Entre todos eles, os piores são os que traem sua própria gente. Os que vendem os óculos que o governo manda distribuir gratuitamente entre os necessitados. Os que compram votos para que ganhe o candidato que lhes garante um bom negócio particular, sem se importar com o que vai acontecer com seu bairro. Os que impedem que a gente, sua gente, viva decentemente. Os que tomam o controle à força. Os que ameaçam e matam qualquer possibilidade de uma mudança. Lupita os conhecia, vira-os atuar, escutara-os nos comícios, vira-os trair até a própria mãe para se darem bem.

Ela, que acreditava que nada mais podia surpreendê-la, estava surpresa. Ela, que acreditava que nada mais podia atemorizá-la, tinha medo. Ela, que acreditava que já não podia ser ainda mais humilhada, sentia-se exatamente assim. Ela, que acreditava que nada mais podia feri-la, estava machucada bem no fundo. Ela, que acreditava que março terminaria sem uma só vítima, recebia uma pancada mortal desse desalmado mês. No mês de março sempre haviam sucedido grandes desgraças na vida de Lupita: perdera sua virgindade brutalmente, morreram sua mãe, seu filho, sua inocência e... Selena, sua cantora favorita. Grandes perdas. A voz de Celia a trouxe intempestivamente de volta ao presente.

— Estamos todos desconfiando do Ostra, que brigou com o administrador dias antes.

— Como assim? Quem te disse isso?

— Soube pela esposa do doutor Larreaga. Nem contei a você, mas a senhora Selene, logo que soube do assassinato do marido, me ligou para marcar de fazer a mão.

— Telefonou para pedir que você fosse fazer as unhas dela depois de saber da morte do marido?

— Sim, mana, e na verdade eu entendo. Ela estava com uma unha quebrada, como apareceria assim nos noticiários? Por outro lado, estava nervosa e perplexa, acredite! E me disse que teríamos tempo, porque demoraria muito até que os peritos recolhessem as evidências, fizessem o traslado do corpo e a autópsia.

LUPITA GOSTAVA DE DESTRATAR

Lupita gostava de destratar.

Nem sempre, só quando estava de porre. Tampouco todo mundo, só os que a menosprezavam. Ser deixada de lado, ignorada, doía-lhe tanto que, ante a menor ofensa, automaticamente agredia. Em uma velocidade inusitada, proferia todos os xingamentos que lhe ocorriam, na tentativa de se colocar em uma situação de superioridade diante dos seus agressores. Em última análise, o que buscava obter deles era um olhar de respeito e não de desprezo. Coisa que até agora nunca havia acontecido. Pelo contrário. Cada vez mais perdia a compostura durante seus ataques de cólera e, diante do temor de enfrentar sua língua venenosa, as pessoas a evitavam quando a viam bêbada.

Nesse momento, fazia um esforço supremo para controlar a raiva. Constantemente mordia os lábios para mantê-los fechados. Encontrava-se em um corredor da sede do distrito. Esperava ampliar seu depoimento.

O comandante Martínez, encarregado da investigação, mandara chamá-la porque desejava confirmar uns dados. Enquanto esperava ser recebida, Lupita não podia deixar de criticar e insultar mentalmente todos aqueles que evitavam seu olhar ou a cumprimentavam com um sorrisinho de zombaria nos lábios. Estava muito irritada. Muito aborrecida. Muito emputecida, enfim. Porque, independentemente de perceber a hostilidade que os outros sentiam em relação a ela, a bebida lhe subira à cabeça, já que, antes de se apresentar aos seus superiores, havia entornado uma garrafa de meio litro de tequila. Para ela, somente dessa maneira poderia se expor, depois do que havia acontecido na véspera. Se estivesse sóbria, não suportaria a pressão.

Lupita não era a única com a raiva à flor da pele. O ambiente estava pesado. Ninguém tinha a menor ideia de como mataram o administrador. Todos davam mostras de cansaço. Ninguém dormira na noite anterior. Lupita, pelo menos, tivera tempo de ir para casa e tomar um banho, mas os outros, não. Era compreensível que estivessem incomodados, mas nada justificava que a olhassem com tanta repulsa. Sobretudo o Chefe de Segurança Pública, o capitão Arévalo, que passou ao seu lado como se ela não existisse, ainda que dois dias antes tivessem dado uns amassos em um banheiro do comando. Lupita permitira isso como forma de retribuição a um favor que ele lhe tinha feito. Ela trabalhava em turnos de 24 por 24 horas, mas, como queria estar presente na operação de trânsito durante a inauguração de uma escola para idosos, que seria feita pelo administrador, permitiu o abuso. Por que fez isso? Simplesmente, porque queria estar perto de Inocencio Corona, o novo motorista do doutor Larreaga, pelo qual se sentira atraída desde o primeiro instante em que o tinha visto. Desejava muito iniciar uma relação de amizade com ele, e não havia melhor oportunidade do que estar sozinha com Inocencio enquanto o administrador distrital inaugurava a escola. O velho porco do Arévalo permitira a mudança de turno em troca de passar a mão nela por todos os lados; agora estava ali, ignorando-a solenemente e a olhando com desprezo. Quem ele achava que era, aquele babaca? Ia de um lado a outro, dando-se ares de importância e tentando mostrar que mantinha as coisas sob controle, ao passo que tudo estava uma zona.

A sede administrativa do distrito Iztapalapa era um fervedouro de gente. Todos entravam, saíam, subiam, desciam. Discutiam, exigiam atenção. A morte do doutor Larreaga não podia ter acontecido em uma data menos apropriada. Estavam a poucos dias da celebração da Semana Santa e, nesses dias, a representação da Paixão de Cristo era um acontecimento e tanto. A festividade tivera início em 1843 e, com o passar do tempo, transformou-se no maior teatro popular do mundo, do qual participavam cerca de quinhentos atores nativos. Durante o ano inteiro, homens, mulheres e crianças trabalhavam intensamente na organização da festa. Na Sexta-Feira Santa, todos saíam à rua e, vestidos de nazarenos, acompanhavam o ator que encarnava Cristo em um longo percurso que terminava no Cerro de la Estrella, lugar onde era crucificado.

Nesse mesmo local se encontram vestígios pré-hispânicos que fazem parte de um complexo arquitetônico dentro do qual se sobressai a pirâmide na qual se acendia o Fogo Novo, a cada 52 anos.

ACENDIMENTO DO FOGO NOVO

Para os antigos habitantes de Tenochtitlán, a cada 52 anos terminava um ciclo cósmico e se iniciava outro. O Sol era o ator principal. Aquele que marcava a passagem do tempo. Quando se ocultava no horizonte, temia-se que não voltasse a sair. Para evitar que isso acontecesse, realizava-se uma cerimônia que, segundo os cronistas da conquista, coincidia com o dia em que as Plêiades apareciam no ponto mais alto do céu. Ao cair da noite, os sacerdotes, vestidos com as insígnias dos seus deuses, caminhavam até o Monte Huizache, hoje Cerro de la Estrella. As fogueiras e as luzes de toda a cidade eram apagadas e as famílias faziam uma limpeza geral dentro das suas casas, destruindo todos os objetos de uso cotidiano. Acendia-se um fogo no topo do cerro e, com ele, os sacerdotes inflamavam tochas que eram entregues aos corredores mais rápidos, para que distribuíssem o Fogo Novo. Os indígenas consideravam que a montanha e o Sol juntos eram a representação de deus. Frei Bernardino de Sahagún, quando soube disso, utilizou esse simbolismo nas cartilhas com as quais eram catequizados os índios.

Nos corredores da sede do distrito se encontravam desde produtores dos canais de televisão até vendedores ambulantes. A preocupação de todos era que, por causa do assassinato, fossem suspender a cerimônia programada para o fim de semana. Havia muitos interesses em jogo. As emissoras de tevê se queixavam de que a polícia não deixava instalar as câmeras porque ainda havia peritos trabalhando em uma das ruas principais. Os vendedores ambulantes se negavam a desocupar as bancas que mantinham montadas no Jardín Cuitláhuac. As autoridades procuravam convencê-los de que deveriam liberar a rota da Paixão. Segundo os comerciantes, o administrador distrital, pouco antes de morrer, tinha dado autorização para que permanecessem ali.

Assim como os vendedores ambulantes, muitas outras pessoas afirmavam que chegaram a supostos acordos verbais com o administrador, e sua grande preocupação era que estes não fossem cumpridos. Quem estava recebendo em sua sala todos esses personagens inconformados e tentando acalmá-los era o doutor Manolo Buenrostro, diretor do Departamento Jurídico e de Governo do distrito. Paradoxalmente, o doutor Buenrostro se caracterizava por exibir o tempo todo uma tremenda cara feia, no lugar do "bom rosto" que levava no sobrenome, e era um achacador que fechava obras a torto e a direito para, em seguida, exigir milhões em troca de suspender a interdição.

Entre os queixosos encontrava-se, em primeiro lugar, "La Mami", a líder dos ambulantes, que exigia aos gritos que seus pontos de venda fossem respeitados. La Mami tivera suas diferenças com o administrador, pois todos sabiam que alguns dos comerciantes representados por ela vendiam, além da mercadoria chinesa, drogas. Lupita conhecia todos os vendedores pelo nome, pois, em sua época de viciada, alguns tinham sido seus fornecedores.

La Mami lhe provocava calafrios. Era uma mulher desalmada. Com facilidade mandava matar quem se opusesse aos seus planos. Extorquia todo mundo. Era tal o seu poder que, antes de se fazer qualquer acordo com relação aos programas sociais do distrito, pedia-se sua opinião. Estava até acostumada a dar ordens aos policiais. Tratava-os como seus subordinados. Uma vez tentou mandar Lupita ao mercado, mas esta se recusou. Coisa que La Mami não perdoava. Lupita não entendia por que ela não tinha mandado matá-la ou ao menos dar-lhe uma surra e chegou à conclusão de que talvez fosse porque a considerava muito insignificante, muito menor.

Os sussurros e os rumores corriam por toda parte. Todo mundo queria participar com seu grãozinho de intriga. A estranha morte do administrador distrital deixava aberta a porta para qualquer suposição. Por exemplo, que ele havia brigado com La Mami porque um grupo de ambulantes havia sido removido à força. Que o deputado Francisco Torreja, apelidado de "Ostra" por ser escorregadio e inconsistente, ameaçara-o de morte porque este planejava denunciá-lo às autoridades sob a acusação de corrupção. De fato, Ostra era o deputado mais corrupto que Lupita conhecera na vida. Era um filho da puta que, em seu território, ameaçava mulheres, subornava e protegia narcotraficantes; diante da inesperada ausência do administrador, não saía da sede, procurando tirar proveito da confusão generalizada.

Outro dos personagens obscuros sobre quem caía uma infinidade de suspeitas era o Chefe de Assessores, o doutor Hilario Gómez. Todos comentavam que, um dia antes da estranha morte, os dois tinham tido um bate-boca público porque o doutor Larreaga o questionou por chegar atrasado ao evento no qual este último havia apresentado seu relatório anual de atividades. Uma das secretárias revelou a Lupita que o que mais tinha incomodado o doutor Larreaga era que o Chefe de Assessores se negasse a dizer onde estava ou qual era a causa importantíssima pela qual não chegara a tempo e nem sequer mandara, por alguém, o Power Point de que o administrador precisava para apresentar o relatório e sem o qual não lhe restara outra opção a não ser improvisar.

O doutor Hilario Gómez era o que Lupita considerava um espertalhão, hipócrita, mentiroso e corrupto. Nunca sentira a menor simpatia por ele. Era um homem que nunca olhava de frente. Ela nunca o tinha visto rir. Era um ser medíocre, acomodado, frouxo, de mãos suarentas, de óculos, careca e gordo, que destilava inveja e profunda ambição. Dizia-se de esquerda, mas era uma grande mentira. Movia-se por dinheiro e só por dinheiro. Ninguém importava mais do que ele mesmo. Era solitário. Não se sabia de nenhuma namorada, nem de cachorro, nem de quimera alguma. Ocupava o tempo maquinando para o administrador estratégias e planos que na maioria das vezes eram contraproducentes. Lupita nunca entendeu por que o doutor Larreaga o mantinha em sua equipe de trabalho. Talvez para cumprir algum acordo político. Enfim, o fato era que ela não suportava aquele imbecil.

No preciso instante em que alguém comentava que o Chefe de Assessores tinha motivos suficientes para assassinar o administrador, o doutor Gómez entrou pelo corredor da sede do distrito. Todos fizeram silêncio; bom, todos menos Lupita, a qual deixou boquiabertos os presentes ao se dirigir em voz alta ao doutor Gómez, de um modo extremamente desrespeitoso:

— Por que não diz, aos que estão falando mal do senhor, que não chegou a tempo para o relatório do administrador porque estava depilando as costas?

De fato, o doutor Hilario Gómez estivera depilando seu dorso peludo. E como Lupita sabia? Ora, porque essa informação confidencial lhe havia sido dada por Celia! Esta o tinha depilado pessoalmente e comentara com Lupita que até havia queimado um pouco a pele porque ele, muito nervoso, disse que estava atrasado e pediu que ela aplicasse a cera ainda quente. Tinha que ir embora o mais depressa possível para chegar a tempo da apresentação do relatório. Lupita perguntara a Celia por que raios ele tinha ido se depilar se estava com tanta pressa de cumprir as responsabilidades do seu trabalho. Celia respondeu acreditar que o motivo era que ele passaria o fim de semana em Acapulco com uma amiga, e aquele era o único intervalo livre de que dispunha para fazer a depilação. Lupita havia comentado, então:

— Que nojo! E há quem queira se deitar com esse sujeito?

— Sim, mana, bom, não me entenda mal, mas dizem as más línguas que a esposa do seu administrador e ele...

— Ora, Celia! Cale a boca, isso me dá vontade de vomitar, sério.

As palavras de Lupita para o doutor Hilario provocaram um silêncio total.

— E aproveite, doutor, para explicar que o senhor seria incapaz de matar seu amigo por motivo de trabalho... mas, para trepar com a esposa dele, sim.

Graças ao Todo-Poderoso, nesse momento chegou a vez de Lupita entrar na sala do promotor, pois o Chefe de Assessores, embora demorasse um pouco a sair do seu estado de espanto, reagira e estava a ponto de se atirar sobre Lupita.

— Bom dia, comandante.

— Sente-se, por favor.

O espaço onde ficava a mesa do comandante Martínez forçava a proximidade. Ao agradecer, o rosto de Lupita ficou muito perto do dele.

— Não sabia que era permitido vir trabalhar com bafo de álcool. A senhora vem sempre assim?

— Não, nem sempre, por quê?

— Porque, até onde sei, não se pode beber quando se está de serviço.

— É verdade, mas não se preocupe, hoje não estou de serviço. — E, com arrogância, perguntou: — Em que posso ajudá-lo? Prestei meu depoimento ontem, o mais detalhado que pude.

O comandante sorriu, surpreso com a resposta e a atitude de Lupita. Tinha nas mãos o depoimento que prestado ao Ministério Público.

— Sim, já vi. A propósito, queria perguntar sobre a ruga que a senhora mencionou em seu depoimento. De que tipo de ruga estava falando?

Lupita se ajeitou na cadeira. A pergunta a incomodou. Ela não sabia com que intenções o comandante Martínez a tinha feito.

— Bom, era muito parecida com essa que o senhor tem no colarinho. Acontece que a sua não é porque a camisa foi mal engomada, mas sim porque, está evidente, o senhor, quando dobrou sua roupa, não fez isso com cuidado. Então o colarinho ficou mal acomodado.

Lupita se calou, com medo de novamente fazer um papel ridículo.

— Continue, isso me interessa.

— É que, veja bem, as mãos também passam. Às vezes não basta passar a roupa a ferro, mas é preciso dobrá-la fazendo certa pressão e tomando cuidado para não deixar pregas. Aliás, recomendo que o senhor não deixe o paletó sobre a mesma poltrona onde seu gato dorme, porque as bolas de pelo grudam no tecido.

O comandante Martínez não conseguiu impedir que um brilho de admiração lhe iluminasse os olhos. O raciocínio daquela mulher lhe parecia o mais refrescante que já escutara em muito tempo. Lupita levou a mão ao ombro para exemplificar o movimento que o comandante deveria executar para tirar do paletó os pelos de gato e fez uma expressão de dor, pois roçou na roupa o dedo ferido.

— O que lhe aconteceu?

— Nada importante... uma lasca de vidro entrou no meu dedo.

— Pelo tamanho do ferimento, parece que foi uma lasca bem grande.

— É mesmo, não? Mas não se preocupe, isso não abre outra linha de investigação... A propósito, e voltando à ruga: o administrador distrital estava usando uma camisa com essa ruga e, duas horas mais tarde, não. Nesse intervalo devia ter trocado a camisa, mas sua secretária diz que ele não a trocou no trabalho, e o motorista diz que em casa também não, de modo que...

— A senhora sugere que investiguemos aonde ele foi?

— Pois é... sim...

— Bom, veja, vou tomar nota, mas antes peço que assista a este vídeo que uns turistas fizeram a gentileza de nos entregar ontem à noite. Foi gravado pelo engraxate da esquina, por engano. Tinham pedido ao rapaz que os fotografasse, mas ele apertou o ícone do vídeo... veja a senhora mesma...

Lupita observa com atenção o mencionado vídeo, no qual, em primeiro plano, se vê um casal sorrindo. Depois se ouve a turista perguntando:

— Pronto, já bateu?

— Não sei, acho que sim, confira a senhora — responde o engraxate.

A câmera continua gravando, o casal sai de foco. Nesse instante aparecem Lupita e um homem desconhecido cruzando a calçada e caminhando em direção ao administrador, que está prestes a entrar em seu automóvel. Inocencio, o motorista, está parado junto à porta do carro, cedendo passagem ao chefe. O administrador tem, em uma das mãos, o celular no qual fala, e, com a outra, acena para o homem que caminha junto de Lupita e no qual ela quase tropeça. O homem responde à saudação, e a filmagem acaba em seguida.

— Como vê, a câmera não mostra o rosto deste homem e, como é o único suspeito que temos, e a senhora, a única pessoa que esteve perto dele, vamos pedir que por favor faça um retrato falado.

— Não sei se consigo... não o vi... bom, vi, sim, mas não me lembro das feições.

— Por favor, faça um esforço, qualquer dado será muito útil para nós, e tenho certeza de que, com sua capacidade de observação, a senhora vai poder nos ajudar muito. Estão à sua espera para fazer um retrato falado do suspeito.

Pela primeira vez em muitos anos, Lupita sentiu que o homem que via à sua frente a valorizava. Isso a fez se sentir muito bem, seu estado de espírito melhorou consideravelmente, e sua língua soltou.

— Bem, a única coisa que posso dizer, assim de cara, é que se esse homem for o assassino... e sinceramente não entendo como o senhor imagina que ele pode ter matado o administrador a distância, mas enfim... temos um problema, porque ele caminha sem o menor temor.

O comandante Martínez sorriu de novo. Definitivamente, aquela mulher tosca o agradava.

LUPITA GOSTAVA DE TRICOTAR E BORDAR

Lupita gostava de tricotar e bordar.

Cada uma dessas atividades tinha seu próprio atrativo e encanto. Se mandassem Lupita escolher entre uma e outra, ela se veria em um grave dilema.

Adorava o tricô porque lhe permitia alcançar um estado de paz, e o bordado porque, ao fazê-lo, lançava mão da sua criatividade. Ambos eram libertadores. Permitiam-lhe se colocar em um lugar fora do tempo. Foi durante sua estada na prisão que aprendeu a tricotar e descobriu que, com essa atividade, as horas passavam voando; perdia a noção do tempo. Quando conseguia se concentrar nos pontos, todos os pensamentos que atormentavam sua mente desapareciam. Só existiam o direito e o avesso e o rastro de paz que o movimento compassado das suas mãos deixava atrás de si. No fim do dia, ela dispunha de um pedaço de tricô para mostrar às companheiras a fim de comprovar que havia feito algo bom, algo digno, algo belo. Ponto a ponto, recuperava sua dignidade e liberdade.

O bordado também tinha seu valor. Adorava bordar uma peça e, em seguida, aplicar lantejoulas sobre ela. Uma das coisas que mais a atraíam no trabalho com lantejoulas era que, mesmo que a pessoa se enganasse na colocação de uma delas, era fácil corrigir. Se a agulha tivesse saído pelo lado errado e a lantejoula ficasse torta, podia-se introduzi-la no mesmo lugar por onde havia entrado, mas em sentido contrário, e assunto resolvido. Com isso, desfazia-se o ponto e a lantejoula ficava disponível para ser colocada em outro lugar. Lupita passara a tarde corrigindo pontos uma vez atrás da outra porque estava fazendo tudo errado. Com o dedo machucado, do qual Celia havia extraído a lasca de vidro, e a ressaca que carregava, podia-se dizer que escolhera o pior dia para bordar. Para piorar, o inchaço do ferimento a impedia de utilizar um dedal, de modo que constantemente se espetava com a agulha. Contudo, não lhe restava alternativa a não ser bordar, embora tudo estivesse contra ela. O fato é que Lupita havia planejado dançar naquela noite. Precisava se sentir aprovada, ser olhada de outra maneira e recuperar sua autoestima. Queria se exibir diante de todos na pista de dança. Queria brilhar. Queria rir. Mover os quadris, metida em seu maravilhoso vestido de lantejoulas.

Em determinado momento, quando enfiava a agulha no tecido, começou a refletir sobre a trajetória seguida pelo objeto que cortou o pescoço do administrador. Fosse o que fosse, atravessou-o de um lado a outro. Mas o que tinha sido? O que poderia ter a dureza necessária para cortar num golpe só e ao mesmo tempo não deixar rastro algum? Parecia incrível que os peritos não tivessem encontrado nenhum tipo de evidência. Assim como a agulha penetrava o tecido, "algo" penetrara a pele do doutor Larreaga, mas, do mesmo modo como havia entrado, deveria ter saído. Para não ter sido visto, só poderia ser um objeto que viajasse em grande velocidade, e sem dúvida tinha se espatifado com força em algum lugar. Mediante essas reflexões, a mente obsessiva de Lupita a levava de volta ao lugar dos fatos, e ela resistia. Queria esquecer o acontecido. Pensar em outra coisa. E, sobretudo, queria comemorar o que ela considerava como seu triunfo total sobre o álcool. Desde a meia garrafa de tequila que tomara pela manhã, antes de ir para a entrevista com o comandante Martínez, não tinha voltado a beber. Para ela, isso era sinal inequívoco de que mantinha a bebida sob controle. Então, fazendo um grande esforço, Lupita concluiu o bordado da sua roupa. Quando a estava vestindo, escutou fortes pancadas na sua porta e a voz destemperada de Celia, que lhe gritava: "Guadalupeeeeee!"

O fato de Celia chamá-la pelo seu nome de batismo, em vez do diminutivo "Lupita", era péssimo sinal. Abriu a porta com precaução e Celia, furiosa, empurrou-a.

— O que deu em você? Como se atreve a entregar o doutor Gómez diante de todos? As depilações que faço são um segredo profissional! Eu te contei em confiança, como amiga, e você me sai com suas maluquices!

— Calma, Celia! Deixe-me explicar!

— Não tem nada que explicar, idiota! Já percebi que está novamente de ressaca. Que retardada! Achei que você valia alguma coisa, mas percebo que não passa de uma maldita pinguça, que faz tudo para cair de porre no meio da rua...

— Não fale assim comigo.

— Falo como me der na telha, porque é a última vez que lhe dirijo a palavra! E, para sua informação, aviso que o doutor Gómez jogou em cima de mim o pessoal do jurídico e eles fecharam meu salão por sua culpa. Já pode comemorar, com esse seu vestido de putinha!

Celia saiu batendo a porta.

Lupita despencou em uma cadeira. Na verdade, as palavras de Celia tinham doído. Nunca a vira tão indignada. Sentiu que a ruptura com sua melhor amiga a deixava indefesa. Era como se Celia tivesse soltado sua mão, deixando-a cair em um poço sem fundo. Já não tinha onde se segurar. Era como uma lantejoula à qual haviam cortado o fio que a mantinha no lugar.

Era uma sensação que Lupita já havia experimentado, precisamente no dia em que, anos antes, entrou na prisão.

O que a tinha salvado naquele período foi o tricô. Dentro da cadeia, tornou-se uma tricoteira compulsiva. Tricotar lhe permitia unir, enlaçar e integrar; com cada ponto que enlaçava, ela se "amarrava" à vida. O que nos mantém unidos são os fios. Por isso, em seus porres, Lupita pedia aos acompanhantes que não soltassem sua mão. Sabia que, se o fizessem, ela iria embora e desapareceria para sempre no vazio. Esqueceria tudo e todos ou perderia totalmente o juízo.

Quando esses pensamentos se apoderavam dela, o que a mantinha lúcida era a esperança de que nem tudo estava perdido. De que há sempre um jeito de ser resgatado. No mundo do tricô, quando um ponto se desprende dos demais, "corre" e deixa um buraco na peça, o maravilhoso é que a pessoa pode resgatá-lo e subi-lo pouco a pouco, com a ajuda de um gancho. Na vida real, quando a pessoa rompe os vínculos que a mantêm unida à trama da vida, também deixa um buraco, um buraco enorme; mas isso não significa que estes não possam ser resgatados, em princípio, só que antes é necessário reconhecer quais são os fios invisíveis que nos mantêm unidos aos outros. Quais são nossos pontos de união. Nossos pontos de contato. Por isso mesmo, Lupita não entendia por que os detetives do distrito, supostamente tão espertos, não eram capazes de investigar os pontos de contato entre os criminosos. Aí estava a chave de tudo. E não se referia precisamente a relacionar consumidores de drogas com seus respectivos vendedores ou o assassino com seus cúmplices, mas a descobrir aqueles pontos sensíveis que uma pessoa utiliza para entretecer sua história pessoal. Seus fios secretos. Um fio nos leva a outro fio, e esse outro a um novo, e assim sucessivamente. Porém, o que faz um fio querer se unir a determinado tecido? Encontrar a resposta era a especialidade de Lupita, mas não naquele momento. Sentia que havia soltado suas amarras nos últimos dias.

LUPITA GOSTAVA DE DANÇAR

Lupita gostava de dançar.

Podia fazê-lo durante horas inteiras, embora seus pés fossem cheios de calos. Ao dançar, entrava interminavelmente em um estado de transe no qual nada importava. A dor nos pés desaparecia por completo. A razão pela qual haviam aparecido essas calosidades era que, em sua infância, nunca lhe compraram sapatos novos. Sempre usava os que as patroas da mãe davam, depois que as filhas os descartavam. Claro, nenhum deles era do seu número. Alguns ficavam grandes enquanto outros, pequenos demais. Consequentemente, seus pés ficaram irremediavelmente danificados. Mas isso não era nenhum impedimento para que, toda semana, comparecesse a uma boate.

Gostava de sentir o olhar dos homens sobre seu corpo. Ficava excitada em ser vista por eles. Ser observada. Usava o vestido preto bordado com canutilho e lantejoula que havia consertado à tarde. Comprara-o nos brechós da Lagunilla. Era da década de 1940. A moda daquela época, além de elegante, era muito favorável a pessoas gorduchas como ela. O vestido tinha um drapeado na altura da cintura que disfarçava bastante sua barriga. Ela soltara a longa cabeleira negra que sempre escondia trançada sob o quepe de policial. Tinha se penteado como María Félix em *Doña Diabla* e ficou espetacular. A imagem de *Femme fatale* lhe caía muito bem.

Havia decidido dançar apesar do sabor amargo que o desentendimento com Celia lhe deixara, pois estava certa de que o baile alegraria sua existência. Ao chegar, pediu ao garçom uma garrafa de rum e umas Coca-Colas; meia hora depois já havia quase terminado com a garrafa. Não se dava conta da maneira dramática pela qual estava recaindo no alcoolismo. Por enquanto, beber era seu único interesse. Nada mais. Igualzinho à época de alcoólatra, quando o amor à bebida superava todos os demais amores da sua vida. Naquela época não quis ninguém, nem homem nem mulher nem cachorro nem *taco* nem torta alguma. Seu único interesse era entornar garrafa após garrafa de álcool. O motivo era o menos importante. Os pretextos, infinitos. Porque a olhavam feio. Porque sua mãe tinha morrido. Porque o governo era muito corrupto. Porque o presidente era um imbecil. Nessa noite, em especial, porque Celia tinha brigado com ela. Ou seja, repetia o mesmo padrão. O pior era que estava se emputecendo porque havia muitos casais que, em vez de dançar, ficavam em suas mesas, conversando. Saíra para se divertir e as pessoas não cooperavam. Constantemente, dirigia-se a elas e, com acenos, pedia que fossem dançar. Ninguém obedecia. Lupita, sem esperar mais, levantou-se da mesa e foi tirar para dançar um senhor que não opôs grande resistência. Se aqueles amargurados ficavam em suas mesas, o problema era deles, porque ela não estava disposta a desperdiçar a noite.

Para Lupita, as pessoas avessas à dança eram em geral seres egoístas, solitários e amargurados. A dança exige que você siga o passo do companheiro e se mova no mesmo ritmo que ele. Um bom parceiro de dança é aquele que consegue uma perfeita união com o outro, aquele que o sente, que o adivinha, que, em um jogo de harmonia, antecipa os movimentos do outro e os aceita como se fossem seus. Lupita sabia, porém, que certos homens, embora dançassem, também eram egoístas e amargurados. Eram os técnicos. Os que decoravam os passos e eram incapazes de improvisar. Os que nem sequer fitavam sua parceira nos olhos, os que, antes de tudo, tentavam "brilhar". Os que buscavam a aprovação do público mais do que a da companheira e realizavam movimentos sem consideração, como fazê-la dar voltas e voltas só pelo aspecto espetaculoso disso aos olhos dos demais. Esse era precisamente o caso do babaca com quem ela estava dançando. Sentia-se a ponto de vomitar e o desgraçado nem percebia. O pior era que as mãos do tal sujeito não lhe davam confiança suficiente. Lupita sentia que elas não a seguravam com a força necessária e que, de uma hora para outra, ela sairia disparada em direção às mesas que ficavam junto à pista. Então, parou intempestivamente de dançar e, com passos vacilantes, voltou para a mesa, deixando o parceiro muito desconcertado. Lupita nunca interrompia uma dança, só que não aguentava mais. Sentia uma náusea fenomenal. Para se recuperar, tomou um gole da cuba-libre e se dedicou a contemplar os poucos pares que continuavam na pista.

Lupita adorava descobrir detalhes que passavam despercebidos à maioria das pessoas. Sabia que tipo de calcinha as mulheres usavam. Quais preferiam tanga, quais biquíni, quais optavam por uma calçola grandona e quais nem sequer vestiam roupa íntima. Com os cavalheiros, a observação se tornava mais divertida. Para ver quem usava boxer, quem usava sunga e quem andava sem nada por baixo, era necessário certo grau de atrevimento, coisa que Lupita tinha de sobra. Pela maneira como dançavam, sabia quais se limitavam a trepar e quais faziam amor. Era muito revelador ver como acariciavam as costas da sua companheira e o modo como lhe davam ordens com a mão, para que ela girasse em uma ou em outra direção. Se a empurravam com violência, nada bom. Também era fundamental se eram capazes de manter um ritmo compassado. Iam-se para um lado e a parceira para outro, péssimo. Sinal de que não conseguiriam um orgasmo conjunto na cama. Claro que no campo da sexualidade muitos fatores influenciavam, por exemplo: o grau de libidinagem do cavalheiro. Para defini-lo, Lupita recorria ao seu particularíssimo método de observação, chamado tacada tripla, que consistia em determinar o quanto um homem era atraído pelas voluptuosidades de uma mulher que cruzava seu caminho. Se ele só observava os peitos dela, se a varria com o olhar ou se também se voltava para avaliar a bunda. Lupita podia prever com grande exatidão os segundos que se passariam entre o encontro com uma dama e o momento em que o cavalheiro olharia o traseiro dela. Dependendo da delicadeza ou da luxúria com que ele o fazia, Lupita podia determinar se se tratava de um libidinoso punheteiro, fogoso ou degenerado. E, dependendo das suas apreciações, gostava de imaginar com qual desses homens se deitaria e com qual não. De cara, os únicos com os quais não transaria eram os herdeiros dos cartéis, os chamados narcojúniors, e os guarda-costas. O tipo de olhar deles não inspirava confiança. Bom, isso quando era possível observar, porque muitas vezes esses personagens usavam óculos de sol, coisa que a incomodava muitíssimo. Detestava topar com uma tela negra na qual só via seu próprio reflexo nos vidros escuros do interlocutor.

ESPELHO NEGRO DE TEZCATLIPOCA

Na antiguidade, os povos originários do Vale do México fabricavam espelhos de obsidiana. A obsidiana era associada aos sacrifícios porque sua lâmina afiada era utilizada para fabricar os cutelos com os quais eles abriam o peito dos sacrificados. O espelho de obsidiana era um instrumento de magia que somente os feiticeiros tinham permissão para utilizar. Dizem que, se alguém se observar em um espelho negro, pode viajar a outros tempos e outros espaços. Ao mundo dos deuses e dos antepassados. O espelho de obsidiana era o principal atributo da divindade asteca Tezcatlipoca, cujo nome significa "espelho fumegante". Nos espelhos negros se podiam conhecer as diferentes manifestações da natureza humana. Podia-se conhecer o lado mais obscuro, mas também o mais luminoso do ser humano. Neles se refletem ao mesmo tempo o observador e o objeto. Em certa ocasião, Tezcatlipoca, por meio de um espelho negro, enganou seu irmão Quetzalcóatl. Este último, ao se ver ali, enxergou sua parte escura. Sua identidade falsa. E se enganou a respeito de si mesmo. Teve que travar uma batalha contra a escuridão para recuperar sua luz.

De repente Lupita se deu conta de que na casa noturna havia vários juniores com seus respectivos guarda-costas. Com certeza, era por isso que não havia muita gente dançando. Esses malditos juniores arruínam tudo. Por que vão a uma casa noturna, se nem sequer sabem dançar? Quando descobrem um local popular, apoderam-se dele. Vão em bando para arrumar confusão. Encher a cara. Abusar do poder que têm por serem filhos de papai e de terem sob suas ordens vários capangas. Lupita só se aproximava destes últimos quando estavam na rua, esperando que os chefes saíssem. Quando estavam sozinhos, perdiam a rigidez e a solenidade. Relaxavam. Faziam piadas, comentavam sobre esportes, riam. Mas, quando os patrões saíam, o olhar deles esfriava, o corpo tencionava e a bunda se encolhia muito mais do que o orçamento dos distritos em época de eleição.

Lupita observou de repente que um júnior tirou uma mocinha para dançar e ela recusou. Ele insistiu, o namorado da garota a defendeu. Um dos guarda-costas entrou na briga e sacou a pistola. Lupita reagiu com grande velocidade. Aproximou-se do capanga e, com uma voadora, lançou a pistola pelos ares. Rapidamente se aproximaram outros dois, que acompanhavam o grupo de garotões, e Lupita os enfrentou com fúria. O tom de sua voz e a violência dos seus movimentos amedrontaram qualquer um.

— Ui, que medo! Vejam só os guarda-costas... ora, seus filhos de uma puta... venham cá... posso com todos... vão todos se foder...

A atitude de Lupita os desconcertou e deu tempo suficiente para que os seguranças do lugar chegassem e controlassem a situação. Depois de uma discussão acalorada e de alguns safanões — durante os quais, é claro, o vestido de Lupita se rasgou —, eles tiraram os juniores e seus capangas do local, evitando que se desencadeasse um tiroteio. Lupita os seguiu até a rua gritando "cagões, cagões".

De repente, sentiu-se observada. Muitas pessoas a olhavam. Umas com medo e outras com admiração, mas alguém lhe dedicava uma atenção especial. Ninguém mais ninguém menos que o comandante Martínez a encarava fixamente.

Embora curiosa por saber o que o comandante Martínez fazia naquele lugar, Lupita estava com tanta adrenalina no sangue, que não soube como reagir. A única coisa que lhe ocorreu foi perguntar asperamente:

— O que foi? Nunca viu, não?

— Lupita?

— Acertou!

— Perdão, é que, sem o uniforme de policial, não a reconheci.

— O que deseja, comandante?

— Estava procurando a senhora, porque surgiram novas evidências do caso e...

— Quem disse que eu estava aqui?

— Sua vizinha... Celia, acho que é esse o nome...

— Ah, que filha da puta!

— Perdão?

— Escute, comandante, já que o senhor está aqui, venha dançar comigo e aproveite para me dizer o que precisa dizer.

O comandante Martínez não se fez de rogado. Pegou-a pela mão e a conduziu à pista de dança. Lupita achou muito agradável o contato com a mão dele. Sentiu-se como uma menina protegida pelo pai. Era uma mão grande, amorosa. De imediato imaginou como seria ser percorrida por completo por aquela mão cálida.

— Tenho boas notícias para a senhora, Lupita. Saiba que o retrato falado que fez do suspeito nos foi muito útil. O doutor Buenrostro o identificou como um dos artesãos que têm uma banca lá.

— Ai, comandante, o que acha de só me dizer isso daqui a pouco? É que gosto muito desta música, me deixe aproveitá-la.

Nesse momento a orquestra interpretava a canção "Pedro Navaja", de Rubén Blades. E de fato era uma das suas canções prediletas. Lupita se grudou mais ao corpo do comandante e gostou da forma como eles se encaixavam. O comandante Martínez tinha uma pança sobre a qual Lupita podia apoiar perfeitamente o busto. Ficava justamente à sua altura. Parecia ter sido desenhada bem à sua medida. Dançavam tão próximos que Lupita podia sentir a respiração do comandante em seu pescoço. *"La vida te da sorpresas, sorpresas te da la vida"*, dizia o coro da canção, e coincidiu com o instante em que Lupita percebeu que o comandante Martínez não usava cueca e tinha uma ereção. Tremenda surpresa! Ela esfregou seu corpo carnudo sobre o do comandante com emoção. Nunca havia imaginado que pudesse provocar essa afortunada reação. Sua autoestima deu um salto quântico. Sentiu um bolo no estômago e, muito a contragosto, precisou se desculpar com o comandante e ir às pressas ao banheiro para vomitar.

Mal teve tempo de se debruçar sobre uma das pias antes que seu estômago expulsasse o conteúdo. Imediatamente a mulher que tomava conta do banheiro, que não era outra senão a xamã Concepción Ugalde, mais conhecida como Conchita, se aproximou dela. Acariciou afetuosamente os ombros de Lupita enquanto ela vomitava, e depois a ajudou a limpar o rosto. Em nenhum momento demonstrou nojo. Em sua condição de vigilante do banheiro, com certeza já havia presenciado muitas cenas como aquela, mas, de qualquer maneira, era admirável a forma como ajudava Lupita. As duas eram velhas conhecidas. Lupita frequentava havia anos o lugar, semana após semana, para dançar, o mesmo tempo que Conchita trabalhava lá tomando conta para que não vendessem drogas nos toaletes.

— Obrigada, dona Conchita.

— De nada, menina. Melhorou?

— Sim, acho que sim.

— Que bom. Desde quando voltou a beber?

— Bebi pouco, não se preocupe. Está tudo sob controle.

— Você é quem sabe.

— O que acontece é que superar a morte do administrador distrital está sendo muito difícil para mim... Morreu nos meus braços.

Conchita interrompeu seu trabalho de limpeza, surpresa com o que acabava de escutar.

— É você a policial que o ajudou?

— Sim, não me viu na televisão?

— Não, na verdade não vejo televisão.

— Faz muito bem.

— Escute, você viu quem atacou o administrador?

Conchita pegou um desinfetante e começou a limpar a pia, esperando a resposta com grande curiosidade. Lupita, em vez de responder, começou a ajeitar o vestido da melhor maneira.

— Acabo de me apaixonar! O que acha, dona Conchita?

— Não diga! E por quem?

— Por um homem incrível!

— Ah! Ele também bebe?

— Não sei, mas isso é o de menos.

— Você é quem sabe.

— Além disso, não bebo mais... é só por hoje.

— Então, o "é só por hoje" é para beber! O que diriam seus colegas de grupo do A.A., se a ouvissem? Parou de frequentar, não foi?

— Ai, Conchita, não me censure... Escute, depois a gente conversa, tudo bem? É que meu galã está me esperando.

— Bom, mas pelo menos enxágue a boca antes de ir.

Conchita pega em uma gaveta um antisséptico bucal e o oferece a Lupita. Ao fazer isso, percebe que Lupita tem um ferimento na mão.

— O que aconteceu com sua mão?

— Entrou um caco de vidro, acredita?

— De vidro? Mas como?

— Acho que do celular do administrador.

Enquanto Lupita faz gargarejos, Conchita tira um celular do bolso e tecla um número. Fala rapidamente com alguém no outro lado da linha. Não é possível escutar o que ela diz por causa dos bochechos que Lupita está fazendo. Conchita logo desliga.

— Obrigada, dona Conchita, a senhora é o máximo!

— De nada, menina. Siga pelo bom caminho, e lembre que, se precisar de ajuda, tenho um amigo que dirige um Centro de Reabilitação.

— De novo! Já disse que não estou bêbada... bom, um pouco, mas não se preocupe, com uma cafungada isso passa... hehe.

Conchita não acha graça na brincadeira de Lupita e balança a cabeça com desaprovação enquanto a segura pelo braço antes que esta cruze a porta. Pede que, por favor, lhe dê seu número do celular, para poder ligar para ela e saber do seu estado de saúde. Lupita pega uma caneta que está na bancada e escreve o número do seu celular diretamente sobre o tecido do vestido de Conchita.

— O que é isso, menina?

— Não se irrite comigo, é que assim a senhora não o perde, hehe.

Conchita novamente desaprova a conduta de Lupita com um movimento de cabeça. Lupita abandona o banheiro com uma sensação de frescor na boca, e no corredor se choca contra um homem que a faz perder o equilíbrio. Ela se vira para olhá-lo, furiosa. Com surpresa, descobre que diante dela se encontra o mesmo homem com quem cruzou na rua no dia em que o administrador distrital morreu. Lupita fica muda. Ele usa o mesmo beiçote no lábio inferior e os mesmos alargadores que aquele homem usava. Depois do encontrão, ambos seguem seu caminho.

Lupita tem três opções: ir atrás do homem e prendê-lo, denunciá-lo ao comandante Martínez para que este se encarregue da detenção ou ir direto comprar sua "carreira" para cortar o porre e curtir o resto da noite. Decide-se pela última. Sabe perfeitamente a quem pode recorrer dentro da própria casa noturna para obter a cocaína de que precisa, e o faz sem o menor vacilo. Sua pressa era tanta que não percebeu que o homem com quem se chocou bateu à porta do banheiro feminino, nem notou que Conchita saiu e que os dois conversaram de maneira suspeita.

LUPITA GOSTAVA DE TER RAZÃO

Lupita gostava de ter razão.

Ser contestada por alguém a incomodava muito. Discutia com veemência, argumentava disparatada e interminavelmente, correndo até o risco de se contradizer e, bem, digamos que ficava obstinada. Convencer os outros de que estava certa era algo que a empolgava. Havia cometido grandes equívocos na sua vida ao procurar demonstrar que estava com a razão. Por exemplo, todas as suas amigas avisaram que seu namorado Manolo iria fazê-la sofrer muito. Ela não lhes deu ouvidos. Era tão atraída por aquele homem que ignorou todos os sinais de alarme. Nunca quis tomar conhecimento de que ele era alcoólatra, nem da violência que era capaz de cometer quando estava bêbado. Quando se casaram e as surras começaram, Lupita não contou a ninguém. Não suportava a ideia de que as amigas dissessem "eu avisei". Fingia viver em uma relação harmônica para não lhes dar o gostinho de terem razão. Seria admitir a derrota, e ela não estava disposta. Só quando Manolo a fez parar no hospital foi que confessou os maus-tratos de que era vítima. Naquele dia não soube distinguir o que era pior, se a dor das costelas quebradas ou a do orgulho ferido. E, nesta manhã, não conseguia reconhecer o que era pior: a dor de cabeça, a depressão, o sono incontrolável ou a raiva que sentia ao escutar péssimos comentários sobre o doutor Larreaga, seu querido e admirado administrador distrital. Sentia o rosto pegando fogo e uma tremenda vontade de bater em alguém. Já bastava a ressaca moral e física que carregava, para, além disso, ter que escutar um monte de idiotas falando babaquices.

Uma coisa era que, para governar o distrito, o doutor Larreaga tivesse precisado chegar a um acordo com alguma corrente do seu partido; outra muito diferente era que tivesse recebido dinheiro em troca disso. Lupita se negava a aceitar que o administrador fosse corrupto. Seria capaz de botar as mãos no fogo por ele. Não entendia como podia existir gente tão mal-intencionada para falar assim de um homem honesto. Uma grande depressão estava se apoderando dela. Se alguém lhe perguntasse sobre seu estado de espírito, só lhe restaria dizer: "uma merda." E não só por causa da morte do administrador. Saber que transara com o comandante Martínez quando estava drogada a enchia de tristeza, pois fazia tempo que um pensamento absurdo a atormentava: que não podia saber quando ia ser a última vez. Uma mulher se lembra perfeitamente de quando foi a primeira ocasião em que fez amor, mas nunca pode determinar quando será a última, e isso a preocupava bastante. Por essa razão, sempre que surgia a oportunidade, desfrutava do sexo ao máximo e tentava guardar na memória tudo o que acontecia, para o caso de não haver uma próxima ocasião. Levava horas recordando cada beijo e cada carícia, por mais insignificante que parecessem. Teve todo o tempo do mundo para fazê-lo. A cocaína que cheirou na casa noturna diminuiu o porre, mas a manteve acordada por toda a madrugada. O comandante Martínez teve que voltar ao serviço e ela ficou esperando o nascer do sol com o olho aberto e uma culpa do cacete. Quando a mente reuniu todas as lembranças daquela noite de paixão, a cabeça começou a atormentá-la. Por causa da maldita dependência química e do tesão, tinha deixado escapar o possível assassino do administrador. Não parava de remoer mentalmente o erro da sua conduta. O que mais a preocupava era a sensação de perda de controle. A primeira vez em que a experimentara foi quando fumou maconha. Sentiu que seu corpo já não lhe pertencia totalmente. Sob os efeitos da erva, descobriu que escutava muito mais do que o normal e que via coisas que nunca tinha visto. A maconha lhe permitia reduzir os limites que seu corpo impunha, e isso a agradava ao mesmo tempo em que a fazia ir e vir no espaço à revelia da sua própria vontade. Assustou-se por não ter controle sobre o que sentia e por não saber quando a experiência ia terminar. Agora, sentia a mesma coisa. A euforia provocada pela cocaína havia desaparecido e, em seu lugar, instalara-se a depressão. Para completar, as opiniões que escutava sobre a honestidade do administrador distrital eram muito desalentadoras.

Lupita estava na antessala do escritório do doutor Buenrostro, o diretor do departamento Jurídico e de Governo do distrito Iztapalapa, esperando ser recebida por ele. Com a morte do doutor Larreaga, o doutor Buenrostro assumiria o cargo. Havia umas dez pessoas esperando a vez e, à medida que eram recebidas, externavam suas opiniões sobre os últimos acontecimentos. Lupita escutava tudo com grande mal-estar. Não concordava com as versões que circulavam. Diante dela estava Gonzalo Lugo, o braço direito de La Mami, acompanhado por vários vendedores ambulantes. Havia duas jovenzinhas no grupo, e Lupita se dedicou a "editá-las" duramente. Se havia algo que a incomodava, era a maneira de se vestir das mulheres do campo. De imediato elas descartavam o *huipil* e enfiavam uns jeans, daqueles que ficam à altura dos quadris, e vestiam umas camisetas justíssimas que deixavam de fora o umbigo. Essas peças, juntas, não faziam mais do que destacar-lhes poderosamente a barriga e as gordurinhas laterais. Lupita as imaginava vestidas à maneira tradicional das comunidades indígenas de onde provinham e elas logo recuperavam beleza e dignidade aos seus olhos. A substituição da elegância, da originalidade e da formosura que caracterizavam a vestimenta ancestral pela uniformidade da roupa importada, fabricada em série, carente de passado e planejada para dar status a quem a usava, transformava essas mulheres em usurpadoras.

Ao vê-las, Lupita se perguntava por que cortavam as tranças e faziam ondulação permanente igual à da La Mami. Por que se vestiam daquela maneira que em nada as favorecia? Por que faziam tanto esforço para aparentar o que não eram?

❧ QUINHENTOS ANOS ANTES ❧

Eram castigados com cem chicotadas, uma multa de quatro reais mexicanos ou com a prisão aqueles que vestissem trajes indígenas. Depois da conquista, os espanhóis haviam proibido o uso dessas vestimentas, por considerarem que os indígenas devessem assumir uma nova maneira de falar, de vestir, de comer e de agir, sob suas ordens. A todos os que obedeciam era permitido se vestir e se adereçar ao estilo espanhol, como recompensa por sua submissão às novas leis.

Por sua vez, as mocinhas que Lupita criticava comentavam entre si como ficavam apertados nela o uniforme e o colete à prova de balas. De modo que estavam empatadas. Todas aquelas pessoas esperavam ser recebidas pelo doutor Buenrostro, e Lupita escutava atentamente o que sussurravam, tentando aguçar os ouvidos ao máximo, já que falavam em voz baixa.

— E La Mami, o que acha disto?

— Pois é, ficou muito puta, não estamos brincando... agora não venham me dizer que o doutor Larreaga não recebeu sua parte.

— Mas você entregou ao administrador, nas mãos dele mesmo?

— Claro, idiota, em espécie e dentro de uma caixa de sapatos, como sempre!

Lupita sentia um nó na garganta. Negava-se a acreditar no que estava escutando. De repente sentiu uma onda de indignação que a impeliu a sair em defesa do administrador.

— Escute aqui, posso pedir o favor de medir suas palavras? O corpo do doutor Larreaga ainda está no necrotério e o senhor já o está difamando? Um pouco de respeito, está bem?

— Pois com todo o respeito lhe peço que não se meta no que não é da sua conta, mijona de quinta categoria!

— Mijona é sua avó, safado!

— Pode até ser mijona, mas não corrupta como seu administrador.

— Corrupta é La Mami, sua chefe!

— Tem certeza de que ela é corrupta?

— Tenho.

— Então por que não a denuncia, dona policial?

— Porque não sou idiota, porque minha denúncia não adiantaria nada. Por acaso você denunciaria Caro Quintero como traficante? Não seja imbecil.

Nesse momento todos fizeram silêncio. Pelo corredor entrou a senhora Selene, agora viúva do administrador, acompanhada por Inocencio, o motorista. Os vendedores ambulantes ficaram de pé e hipocritamente lhe deram seus mais sentidos pêsames. Selene agradeceu com um leve movimento de cabeça. Vestia-se de preto e usava óculos escuros. Inocencio carregava uma caixa que Lupita presumiu conter pertences pessoais do administrador, os quais a esposa acabava de recolher do escritório contíguo àquele onde se encontravam. Quando estava saindo, a senhora Selene percebeu a presença de Lupita e se aproximou dela.

— Bom dia.

— Bom dia, senhora. Minhas condolências.

— Obrigada. Quero agradecer por ter estado com o meu marido até a ambulância chegar.

— De nada; era meu dever.

— Soube que a senhora guardou o celular dele, é verdade?

— Sim, senhora, mas já o entreguei às autoridades.

— Ah! Bom, muito obrigada por tudo...

— Pelo menos seu marido, antes de morrer, pôde lhe dizer que a amava muito.

— Perdão?

— Sim, pelo celular... não o escutou?

Selene virou o rosto, levantou os óculos por um segundo e fitou Lupita com olhos de dor.

Nesse instante Lupita soube que indubitavelmente o administrador era infiel à esposa. Bastou-lhe um só relance para descobrir. O olhar que viu no rosto da senhora Selene era o mesmo que havia percebido na mãe quando esta descobriu que seu marido, o padrasto de Lupita, havia abusado da sua filha. Era o mesmo olhar que a mãe havia visto diante do espelho do banheiro onde havia se refugiado depois de flagrar Manolo, seu esposo, acariciando lascivamente os incipientes seios da afilhada em um baile de debutante. A menina tinha somente 11 anos e sob seu vestido começavam a se fazer notar uns círculos duros. Manolo, em estado de embriaguez, a tinha abraçado por trás e começado a lhe acariciar os mamilos com verdadeira luxúria. Quando viu que tinha sido flagrado, soltou imediatamente a menina, que, toda assustada, correu para o outro lado do pátio. A náusea obrigou Lupita a se refugiar no banheiro, e foi ali que viu aquele olhar de dor no próprio rosto.

— Por favor, onde fica o toalete?

— Por aqui, senhora, me permita acompanhá-la.

Lupita se ofereceu para levar a viúva, mas Inocencio disse:

— Não se preocupe, eu a levo. Muito obrigado.

Lupita, com lágrimas nos olhos, viu os dois se afastarem em direção aos sanitários. Nesse momento, o doutor Larreaga despencou do pedestal onde Lupita o mantinha. As evidências, ao menos quanto à relação matrimonial dele, mostravam-no como um marido infiel. E se o doutor, além de ter enganado a mulher, também tivesse cometido atos de corrupção? Significaria que Lupita se enganara. Que nem sempre estava com a razão. Que catalogava as pessoas de acordo com seus próprios anseios, e não com a realidade, e isso doía muito. Puxa, como doía! Sobretudo porque Lupita já não podia se basear nas próprias apreciações para dedicar sua confiança a ninguém. Muito menos a ela mesma, que havia recaído nas drogas mais uma vez, embora tivesse prometido diante do túmulo do filho que não voltaria a fazê-lo. Se já não podia acreditar nem na própria palavra, o que podia esperar do mundo?

A voz da secretária do doutor Buenrostro interrompeu as reflexões de Lupita. A moça a chamou pelo nome e a convidou a entrar no escritório.

— Bom dia, Lupita, sente-se, por favor.

— Obrigada, doutor.

— Escute, me mandaram uma cópia do retrato falado que a senhora fez, e parece se tratar de um artesão que tem uma banca onde vende artigos de obsidiana. Tem certeza de que ele usava alargadores de obsidiana nas orelhas e um beiçote no lábio inferior?

— Um beiçote?

— Sim, é uma espécie de *piercing*, mas, em vez de um anel de metal, colocam um objeto pontiagudo.

— Isto mesmo, o que o homem usava era assim...

Lupita hesita entre dizer que na noite anterior topou com o tal homem na casa noturna ou ficar em silêncio. Decide ficar calada, porque, ao revelar essa informação, iria se expor como a pior policial do mundo.

— Bom, então isto é tudo, muito obrigado. Não que a esteja expulsando, mas tenho muita gente para atender.

— Sim, eu vi. Até logo, doutor.

Lupita deixa o escritório e se encaminha para a porta de saída do distrito quando avista, vindo na mesma direção, mas em sentido contrário, o senhor Carlos, seu padrinho dos Alcoólicos Anônimos.

Lupita dá meia-volta e se dirige à saída dos fundos, utilizada somente pelo pessoal autorizado. Caminha o mais depressa que consegue, tentando não chamar muita atenção.

Com o bafo de álcool que exalava, de jeito nenhum podia enfrentar seu padrinho. O que é a vida: dois dias antes, daria qualquer coisa para falar com ele, mas agora, de que adiantaria?

Dom Carlos vinha procurando Lupita havia horas. Soubera do acontecido pelos jornais e queria dar a ela todo o seu apoio. O que mais o preocupava era pensar que Lupita estivera à sua procura e que ele não tinha podido ajudá-la. Havia sido assaltado alguns dias antes e tinham roubado seu celular, de modo que Lupita, caso tivesse telefonado, não conseguira localizá-lo. Dom Carlos sabia do impacto que aquele tipo de evento provoca na alma de uma pessoa emocionalmente doente e queria aliviar, na medida do possível, a dor que Lupita deveria estar sentindo.

LUPITA GOSTAVA DE OBSERVAR O CÉU

Lupita gostava de observar o céu.

Contemplar demoradamente a trajetória dos astros. Refletir sobre a maneira como um planeta se esconde atrás de outro durante seu percurso. Desde a morte do filho, quando passou a noite observando como sua própria sombra se projetava sobre o rosto do menino, o fenômeno dos eclipses a intrigava. Era muito impactante presenciar o desaparecimento de um astro e depois seu renascimento na abóbada celeste. O fato de você deixar de ver algo ou alguém não significa que o objeto observado tenha desaparecido por completo. Às vezes você está, e às vezes não está. Para Lupita, esse era um fenômeno semelhante ao das bebedeiras. Os que viram o olhar de um bêbado entendem isso muito bem. No fundo daqueles olhos aparece outra pessoa, que desaparece quando o bêbado em questão recupera o juízo.

Retornar ao corpo depois de um longo porre é muito incômodo. O mal-estar que se experimenta durante as ressacas é verdadeiramente infernal, mas Lupita, sem saber por que, achava agradável uma parte do processo. Vivia-o como um renascimento.

❧ LUZ vs ESCURIDÃO ❧

A criação do sol por parte dos deuses foi indispensável para o surgimento e a manutenção da vida. Na Antiguidade se considerava que nos céus se travava uma batalha diária entre a luz e a escuridão. Se a noite negra triunfava, a vida da espécie humana corria perigo. Os seres vivos, como parte ativa do universo, deviam reconhecer o movimento dos astros dentro dos seus corpos e se transformar em guerreiros da luz para vencer a escuridão. Se, em sua luta interna, a luz saía vencedora, o sol se renovava, já que essa luta de forças opostas no céu é algo que acontece dentro e fora, acima e abaixo. Os que se dedicavam a observar o curso dos céus e sabiam que eram parte dos astros se transformavam em deuses, se transformavam em sol renascente.

Sempre que Lupita se embriagava, uma parte dela desaparecia. E, quando Lupita não estava nela mesma, não sabia onde estava. Forçosamente, deveria haver um lugar onde permanecia até que passasse a bebedeira, mas a pergunta era: onde? Existiam duas Lupitas? Uma sóbria e outra beberrona? Se assim fosse, deveriam existir duas mentes, uma sensata e outra demente, que governavam cada uma das Lupitas. Podia-se dizer que a mente sensata ficava descansando no banco, enquanto a outra enchia a cara? Seria por isso que, ao recobrar o juízo, a mente sensata não se lembrava daquilo que a mente demente ordenara que fosse feito e dito? Lupita não sabia, mas dava-lhe esperanças acreditar que havia uma parte sua que permanecia intacta, ignorante dos desmandos que seu corpo realizava quando estava fora de controle, ou seja, existia uma Lupita que permanecia inocente, pura. Uma Lupita à qual ela desejava que dessem as boas-vindas a este mundo, em vez de insultá-la por ter se embriagado.

Lupita abriu os olhos lentamente e, com surpresa, descobriu que era observada por milhares de estrelas. Por um instante, esse espetáculo celeste lhe tirou o fôlego, mas de imediato a dor de todo o seu corpo se apoderou dela. Não havia um só osso que não doesse. A dor era tanta que lamentou ter retornado de onde estava. Sentiu o frio da madrugada. Não sabia onde se encontrava. A única coisa de que se lembrava era que, ao sair do último boteco que visitou, viu que na rua estava sendo realizada uma operação contra os vendedores ambulantes instalados no Jardín Cuitláhuac. Aparentemente, o chefe de segurança pública emitira a ordem para buscarem, de surpresa, o artesão que ela identificara como suspeito. Na verdade, aproveitavam a acusação de Lupita como mero pretexto para tirar do jardim todos os ambulantes, conseguindo que a Festa da Paixão fosse muito mais organizada e brilhante. Os comerciantes, comandados por La Mami, reagiram contra os policiais com grande violência.

Nesse dia, Lupita, em vez de, como mandava a tradição, fazer a "visita às sete casas", ou seja, sete igrejas, dedicara-se a visitar sete botecos para, em cada um deles, pedir que o Cristo na cruz a ajudasse a parar de beber. Soava um pouco absurdo, mas, para ela, fazia sentido. Lupita saía do sétimo boteco e se dirigia ao comando quando topou com os revoltosos. Lembrou-se de estar parada diante de La Mami e de ter dirigido a ela um olhar desafiador... e depois de mais nada. De repente se encontrava ali, espancada e jogada ao relento.

A lacuna mental cobriu de névoa todo o acontecido entre La Mami e Lupita. Muitos anos se passariam até que Lupita se lembrasse do insulto e da ameaça feita à La Mami bem diante de todos. Encorajada pela bebida, expressou toda a raiva que guardava dentro de si.

— Traficante de merda! Agora você vai se foder!

— Falou comigo, vagabunda?

— Falei. Por quê? Está vendo outra Mami traficante por aqui? Outra Mami gatuna, corrupta, filha da puta, dona de barraquinhas de droga?

— Não me encha o saco, sua boçal de merda; já passou do limite denunciando um dos meus auxiliares, então cale a boca e não fale do que não é da sua conta.

— Claro que é da minha conta! Sabe por quê? No meu celular eu tenho a prova de que você é quem abastece de droga o distrito inteiro. O que acha, babaca?

Como única resposta, La Mami derrubou Lupita com um tabefe e, com ela já no chão, deu-lhe uns bons chutes. A partir daí começou um bafafá do qual participaram vários comerciantes e elementos da polícia. Entre a confusão do momento e a gritaria, ninguém soube como foi que meteram uma lâmina de obsidiana no pescoço de La Mami, e ela começou a sangrar. Uma ambulância a levou ao hospital e alguém, não se sabe quem, carregou Lupita para o lugar onde se encontrava agora.

O silêncio era total. Só se ouvia o canto de grilos e cigarras. Lupita tentou se levantar e não conseguiu. Quis identificar o local onde estava, mas também não pôde. A escuridão a impediu. Procurou o celular dentro do sutiã e achou. Sempre o guardava ali, porque várias vezes já o tinham roubado no metrô, e seu enorme par de seios lhe permitia escondê-lo totalmente. Por sorte, o aparelho ainda estava carregado. Teclou o número de Celia. Não tinha mais ninguém para quem ligar. Logo obteve resposta:

— Lupe?

— Sim.

— Puta merda! Que susto você me deu!

— Por quê?

— Ora, porque ninguém sabia de você... onde está?

— Não sei, está muito escuro.

— Bom, vai amanhecer daqui a pouco... espere aí e veja se reconhece algo.

Lupita ficou muito comovida com a atitude de Celia, que demonstrava muita preocupação. Parecia ter esquecido o aborrecimento e a tratava como se nada tivesse acontecido entre as duas. O que Lupita não sabia era que a radical mudança de conduta de Celia se devia ao fato de que haviam transmitido pela tevê o confronto da véspera entre os ambulantes e a polícia, e Celia tinha visto como, em determinado momento, Lupita recebera uma tremenda pancada na cabeça, dada com um pedaço de madeira que o vizinho que iria interpretar Dimas durante a festa da Paixão estava transportando. Depois do golpe, alguém arrastou Lupita, que parecia desmaiada, para fora do alcance da câmera, e Celia não soube mais nada da sua amiga. Durante a tarde, ela recebeu a visita do filho e ficou muito preocupada. Miguel, filho de Celia, era garçom. Trabalhava para um serviço particular de banquetes em domicílio. Duas noites antes, La Mami tinha dado uma festa para a qual ele fora contratado. Em geral, os garçons são gente que goza de invisibilidade. Ninguém os leva em consideração. Escutam todo tipo de conversas e confidências enquanto fazem o seu trabalho. Na noite anterior aos eventos que a televisão transmitia, La Mami oferecera um jantar em homenagem ao doutor Hilario Gómez e, durante o evento, foi anunciada a possível candidatura dele ao cargo de administrador distrital. La Mami o apoiou publicamente. Em uma das conversas, Miguel escutou La Mami e o doutor comentando os recentes acontecimentos, e aproveitou para meter o pau em Lupita:

— Escute, doutor, quero pedir sua ajuda nesta história dos comerciantes. O retrato falado que a tal de Lupita fez me prejudicou bastante. Claro que o doutor Buenrostro se aproveitou disso para querer me tirar do jogo, e justamente durante as festas, que é quando vendemos mais. Não se pode...

— Não se preocupe, já tomei nota.

— Agradeço muito. De passagem, veja se manda dar uns cascudos naquela policial, para baixar aquela crista de fuxiqueira.

— Repito que não se preocupe; estamos aqui para nos ajudar, não?

Lupita, deitada de costas sobre a terra, não parava de olhar o céu, embora o mal-estar que sentia a levasse a se arrepender de todos os seus pecados. O que podia ter feito para merecer isto? Ou melhor, o que não havia feito? Se não tivesse ficado tão embriagada no dia anterior, não teria ignorado todos os sinais que se apresentaram diante dela e que não pararam de lhe avisar que algo ruim aconteceria. Sua mãe a ensinara a interpretá-los desde que era uma menininha. Lupita sabia que, quando a chama do fogão chorava, uma desgraça se aproximava. Como era possível que tivesse desprezado o piscar do fogo quando esquentou o café? Sobre sua mão sentia passarem correndo várias formigas. Isso significava que estava no campo, e que a pressa das formigas anunciava a chegada em breve de uma forte chuva. Era só o que lhe faltava! Tentou se levantar para vomitar, mas uma das pernas não a sustentou e ela caiu. Ao que parecia, estava com uma perna quebrada, e, pela dor intensa no tórax, alguma costela também. Tentou ficar de cócoras e apoiou as mãos sobre o que parecia um cadáver que se encontrava ao seu lado. Lupita já não conseguiu conter a náusea e vomitou em meio a uma grande dor. Quando o enjoo cessou, deixou-se cair novamente sobre a terra. Um medo enorme a invadiu. Se ela se encontrava ao lado de um cadáver, era porque haviam sido jogados ali juntos, dados por mortos. O que significava que seu "renascimento" iria representar uma ameaça para alguém. Quando uma pessoa se interpõe no caminho de outra, não é raro que esta última pense "mas por que não morre esse filho, ou essa filha, da puta?". Ela mesma pensara isso muitas vezes. Na primeira, com o padrasto. Depois com o marido. Depois com La Mami e depois... bom, não valia a pena se deter nesse ponto. O fato é que havia alguém que a dava por morta e que estava tranquilo com sua aparente morte. Por quê? Qual era o perigo que ela representava? Em quais planos podia interferir? Quem ganharia algo com sua morte? A única coisa que lhe vinha à mente era o fato de ter testemunhado a estranha morte do administrador. Daí em diante, não tinha a menor ideia. Bom, sendo sincera, Hilario Gómez, o chefe de assessores, ainda deveria estar muito furioso pela sua indiscrição, mas não era para tanto. Que risco poderia representar, se todos já sabiam que ele depilava as costas?

TEZCATLIPOCA vs QUETZALCÓATL

O deus Tezcatlipoca, "Espelho Fumegante", junto com seu irmão Quetzalcóatl, "Serpente Emplumada", foram duas das divindades astecas mais importantes dentro da mitologia da criação. Tezcatlipoca mantinha com o irmão Quetzalcóatl uma rivalidade resultante de grandes diferenças de pensamento. Quetzalcóatl se opunha aos sacrifícios humanos e Tezcatlipoca acreditava que estes eram necessários para a manutenção do Sol, da vida. Em certa ocasião, Tezcatlipoca se disfarçou de ancião e se apresentou ante seu irmão para lhe oferecer pulque, uma bebida sagrada. Quetzalcóatl caiu na armadilha, bebeu e se embriagou. Nesse estado, quebrou todas as leis que ele mesmo havia imposto ao seu povo e até fornicou com a própria irmã. Envergonhado por suas ações, retirou-se da cidade que havia fundado. Caminhou para o leste, na direção onde surge o sol a cada manhã. Ao chegar no mar, embarcou e navegou até se encontrar com o sol no horizonte. Ali, no ponto em que os céus e as águas se unem, fundiu-se com o astro solar, recuperando seu lado luminoso e se transformando em Vênus, a Estrela da Manhã, aquela que diariamente abria o caminho ao sol para que este pudesse ressurgir da escuridão. Depois da conquista, os frades se encarregaram de recobrir com símbolos cristãos a figura de Quetzalcóatl.

Lupita nunca soube em que momento começou a ter companhia, nem como era possível que conseguisse enxergar claramente no meio da total escuridão, mas o fato é que, diante dos seus olhos, apareceram guerreiros pertencentes a um dos primeiros grupos originários de Iztapalapa. Usavam trajes de peles e seus penachos de plumas. Um deles segurava um bastão de comando e a encarava fixamente. Todos se mostravam tristes e aborrecidos. Por um momento, pensou que estava tendo alucinações. Nem mesmo em seus tempos de peiote ela tivera uma visão tão clara. Nenhum falava, porque todos tinham os lábios unidos por espinhos de agave que os atravessavam, mas Lupita sentia as palavras deles dentro da sua cabeça. Os guerreiros comunicaram que estavam muito zangados. Tinham recebido a ordem de se render ante os espanhóis, e nunca se atreveram a descumpri-la. Foi dito a eles que os recém-chegados a estas terras vinham em representação do deus Quetzalcóatl. Jamais concordaram com Moctezuma, mas obedeceram. Agora vagavam como almas penadas porque nunca haviam podido defender seus filhos, suas mulheres e sua raça. Como sabiam que Cortés e seus soldados nunca entenderiam a cultura deles, selaram os próprios lábios para não falarem da grandeza e da sabedoria da sua gente. Preferiram guardar silêncio eternamente. Lupita começou a escutar tambores de guerra que marcavam um ritmo compassado. Sentia que suas têmporas arrebentariam com o impacto do som. Todo o seu corpo começou a pulsar junto com os tambores. Escutou uns cantos em língua náuatle e muitas vozes repetindo ao mesmo tempo: "chegou a hora de falar, chegou a hora de sanar, escuta nossa língua, as palavras de nossos antepassados são cântaros que contêm o conhecimento dos céus, são plantas que curam a alma, escuta-as, o sol já vai nascer para todos e tu tens que ajudar sua vinda à luz, foste escolhida pelo cristal, não tenhas medo, o *sapito* te guiará..."

Lupita fechou fortemente os olhos e tapou os ouvidos. Puta merda! Que tipo de droga teria consumido para ter aquelas alucinações? Pensou que estava enlouquecendo. Escutara que, em Iztapalapa, existia um lugar onde apareciam essas coisas, mas nunca quisera dar crédito às pessoas que falavam isso. Contudo, ali estava ela, vendo e escutando, o coração totalmente acelerado.

Por sorte, os primeiros raios de sol começaram a clarear o lugar onde Lupita se encontrava, e ela pôde voltar pouco a pouco à realidade. As vozes e presenças desapareceram lentamente. Os cantos foram se misturando a um coro de igreja que cantava um poema de santa Teresa: "a alma é de cristal, castelo luminoso, pérola oriental, palácio real com imensas moradas onde morar." Lupita controlou a respiração e tentou focar a vista. As vozes desapareceram. Os primeiros raios de sol eram muito poderosos. Nesse momento, Lupita daria seu reino por uns óculos escuros. A tremenda ressaca que a afetava não lhe permitia se adaptar à luz solar. Com os olhos semiabertos, observou a paisagem. Encontrava-se em pleno campo, perto da Caverna da Águia, que ficava no topo do Cerro de la Estrella. Rapidamente ligou o celular e passou a localização para Celia.

Enquanto esperava a chegada da amiga, observava o homem que jazia ao seu lado e de imediato entendeu claramente por que a queriam morta. O corpo correspondia à descrição que ela fizera sobre o suspeito de ter causado a morte do administrador. Seus colegas seguramente imaginavam dar por resolvido o "assassinato" do doutor Larreaga com o achado do cadáver desse homem e do de Lupita. A explicação que dariam com certeza era a de que havia sido um ajuste de contas entre varejistas do tráfico e que Lupita era um membro corrupto da corporação policial. O Poder Judiciário sempre busca encontrar alguém que pagasse o delito cometido, mas não interessa deter aquele que na verdade o cometeu. E, para isso, conta com uma imaginação sublime.

Bem, se anos antes eles tinham sido capazes de garantir que o assassinato de Colosio, um candidato à presidência, havia sido obra de um criminoso solitário, embora o homem tivesse recebido mais de dois tiros com balas de diferentes calibres e procedentes de diferentes direções, o que não diriam agora?

Todas as suas suspeitas foram confirmadas por Celia, que, em meio a uma forte e inesperada chuva, chegou para pegá-la. De imediato, enquanto a transferia para dentro do automóvel, auxiliada por seu filho Miguel, informou Lupita sobre os últimos acontecimentos. Com riqueza de detalhes, contou que La Mami fora ferida com um objeto perfurocortante perto do pescoço, assim como acontecera com o administrador. As coisas estavam muito complicadas. Os noticiários apontavam Lupita como a principal suspeita de ambos os crimes, já que desgraçadamente havia sido a única perto do administrador e de La Mami antes que estes sofressem o ferimento que tirou a vida do primeiro e que mantinha a segunda à beira da morte. Pela mesma razão, já tinha sido emitido um mandado de prisão contra ela.

— E agora, o que fazemos, mana? Você precisa ser examinada por um médico, para onde devo levá-la?

— Não podemos ir a nenhum hospital. Pode me internar em um Centro de Reabilitação? Nos Alcoólicos Anônimos, minha identidade estará a salvo.

— Bom, só que...

— Pode parar, Celia, não estou para sermões e juro a você, por esta aqui — disse, formando uma cruz com os dedos —, que quero melhorar do alcoolismo sem que você precise me dizer nada.

— Certo... certo... certo... Está bem, encoste-se ao assento e tente descansar. Vamos levá-la.

Celia ligou o motor do automóvel e seguiu o caminho de volta. Na estrada, cruzaram com o carro do doutor Hilario Gómez, o chefe de assessores do distrito, que era acompanhado por um distinto grupo de jornalistas subornáveis que, sem dúvida, cobririam a "descoberta dos assassinos do administrador distrital". Tanto Celia quanto o doutor Gómez fingem demência. Nenhum cumprimenta o outro. Celia não o perdoa pelo fechamento do seu salão de beleza, e o doutor Gómez não a perdoa por ter divulgado seu segredo de depilação.

Quando o chefe de assessores chegou ao local onde supostamente se encontravam os dois cadáveres, descobriu com surpresa que só havia um, e logo suspeitou de Celia, a amiga de Lupita. Um morto não desaparece sozinho.

Para Celia, por sua vez, ficou claro que o doutor Gómez estava envolvido na morte do homem que estava ao lado de Lupita e na agressão de que sua amiga foi alvo.

LUPITA GOSTAVA DE SOLIDÃO E SILÊNCIO

Lupita gostava de solidão e silêncio.

Levou anos para aceitar isto, mas, na verdade, gostava de ficar sozinha com seus pensamentos. No dia em que entrou na prisão para cumprir a pena pelo assassinato do filho, o mundo de sons que lhe era familiar ficou do outro lado das grades. Sentiu como se uma densa neblina de medo silencioso tivesse invadido seus ouvidos. Era um medo que penetrava até os ossos. Um medo que provocava comichão na uretra. Um medo que apertava o peito. Agora que havia sido internada por Celia no Centro de Reabilitação, sentia exatamente a mesma coisa. O som seco que a porta do seu quarto fez quando se fechou anunciava a chegada do silêncio. Por experiência própria, sabia que quando as vozes dos pais, as risadas dos filhos e os sussurros de amor são silenciados pelas paredes das prisões, dos hospitais ou dos centros de reabilitação, logo os ouvidos buscam no ar novas vibrações e sintonizam novos sons. Na quietude se descobre que o silêncio não é silencioso. Que o som, como vibração, viaja, voa, atravessa paredes, esgueira-se entre as grades, expande-se como os batimentos de um coração, como uma pulsação sempre constante e presente.

Lupita levou muitos anos de reclusão até descobrir que escutamos melhor quando estamos em silêncio e que, na solidão, estamos muito mais acompanhados. Nunca estamos sozinhos como acreditamos. Mesmo quando somente nossos próprios pensamentos nos acompanham; pois o que é o pensamento, senão a lembrança da interação que tivemos com os outros? No silêncio, Lupita se reencontrava com os personagens mais importantes da sua vida. Com cuidado, pegava as fibras soltas da sua alma e as tecia com as dos seus entes queridos de modo que não se soltassem de novo. Conectava-se com uma pulsação esquecida. Com um ritmo primitivo. Foi na prisão que Lupita escutou, pela primeira vez, seu coração. Nas noites de insônia, chegou a contar quantos batimentos havia entre a noite e o dia, experimentando assim a passagem do tempo em sua pessoa.

Agora, novamente, precisava de tempo para ela. De quietude. De silêncio. Para recuperar a Lupita que havia sido. A Lupita da qual nem mesmo ela lembrava mais. Às vezes se sentia como uma mala esquecida em um aeroporto. Uma mala cheia de surpresas que ninguém pode notar à primeira vista. Uma mala que guarda, em seu interior, toda uma história de vida, mas que passará despercebida se não encontrar seu dono, aquele que abrirá o cadeado que mantém oculto tudo o que se conserva ali. Ela era a mala e o dono. Tinha que colocá-los em contato para poder ressurgir da escuridão. Respirar. Respirar. Respirar.

Como doía respirar! O médico que a examinara e a submetera a radiografias confirmou que ela efetivamente estava com uma costela quebrada. O pior de tudo era que, ali, não havia nada a fazer. Somente enfaixá-la e esperar que a costela se juntasse. Com o fêmur fraturado, a situação era diferente. Engessaram sua perna de um jeito que a obrigava a ficar em repouso. As fraturas da sua alma requeriam outro tempo e outro medicamento para sarar. Lupita sabia disso e estava decidida a tudo para poder se manter novamente na sobriedade. A recapitulação e a reestruturação exigiam paz, e o Valium que estavam lhe ministrando a convidava ao repouso e ao silêncio.

Quem gostaria de ter cinco minutos de descanso era Celia. Assim que forneceu os dados para preenchimento da ficha de entrada da sua querida amiga e a deixou nas mãos dos médicos, despediu-se e correu para casa a fim de tomar um banho. Imediatamente depois, dirigiu-se à casa da vizinha que interpretaria Maria. Depois de maquiá-la, teve que maquiar também Pôncio Pilatos e vários figurantes. Aproveitou o breve intervalo entre a preparação de Maria e a de Pôncio Pilatos para telefonar para o comandante Martínez e informá-lo que Lupita não estava desaparecida nem era fugitiva da justiça, e sim que estava internada em uma clínica de reabilitação, e que ela, Celia, precisava falar urgentemente com ele.

Em seguida, correu à casa de Judas e pelo trajeto foi se inteirando de que havia uma grande comoção em um dos bairros do distrito. O morador que representaria Judas e que permanecera treze anos na lista de espera para participar do espetáculo tinha aparecido morto em uma das cavernas do Cerro de la Estrella. Independentemente da gravidade do caso, o substituto que deveria interpretar o papel não se sentia capacitado para tal. Carlos, o Judas assassinado, frequentara sessões de psicanálise por um ano inteiro para que o ajudassem a firmar sua autoestima. Durante a representação da Paixão, as pessoas costumam agredir Judas verbalmente. Gritam-lhe coisas terríveis quando o encontram na rua, e é preciso uma grande força interior e um bom preparo de ator para diferenciar o personagem do intérprete.

Celia teve um choque com essa notícia. O Judas assassinado era o mesmo homem que estava ao lado de Lupita na caverna de onde a tiraram. Celia não tinha percebido nada porque se concentrara em auxiliar sua amiga e não prestara atenção ao cadáver que jazia ao lado. Ela conhecia o Judas. Um dia antes, havia feito nele um teste de maquiagem e depois o tinha acompanhado a um ensaio geral, onde um grupo de vizinhos o esperava para conferir se o arnês que iria sustentá-lo no ar, depois que ele "se enforcasse" na árvore, funcionaria corretamente, sobretudo considerando que ele permaneceria pendurado por várias horas naquela posição. Celia, por sua vez, queria testar se a maquiagem a ser aplicada aguentaria o calor do sol. Agora, teriam que repetir o ensaio com dom Neto, o recém-designado substituto, que a esperava para ser maquiado. Realmente estava nervoso. Tinha uns quilinhos a mais em relação ao Judas anterior e rezava para que o arnês o aguentasse. Na história da representação da Paixão, nunca acontecera um caso semelhante. Todos estavam surpresos e nervosos. Celia, mais do que ninguém; no entanto, seu profissionalismo se impôs, e ela fez seu trabalho pontualmente. Estava morrendo de vontade de falar com o comandante Martínez, mas queria fazê-lo pessoalmente. A informação que queria compartilhar era muito delicada. Enquanto isso, entre a aplicação de sombras e do rímel, entre cílios e unhas postiças, a mulher aproveitou todos os instantes do dia para realizar sua própria investigação. Ficou sabendo que La Mami se recuperava no hospital. Que Ostra fora visitá-la e que o doutor Domínguez lhe enviara um buquê fenomenal, desejando-lhe rápida melhora. Também contaram que La Mami supostamente havia feito um acordo com o doutor Larreaga, segundo o qual ela e sua gente se retirariam do Jardín Cuitláhuac em troca de que construíssem uma grande praça para eles, onde poderiam vender seus produtos. Obviamente, a pessoa que supervisionaria a distribuição dos pontos no novo espaço seria a própria La Mami. O terreno ideal para a construção da praça estava havia tempos em disputa, isso porque um grupo tradicional se afirmava proprietário dele. Esse grupo tinha dado grande apoio ao administrador quando ele ainda era apenas candidato. Contaram também que Conchita Ugalde, a principal líder, organizara um café da manhã durante o qual falou em nome dos povos nativos e disse textualmente ao administrador: "Nós oferecemos nossa palavra e nosso compromisso. Em troca, pedimos que não nos traia. Essas terras são sagradas para meu povo. Permita-nos dar a elas o uso que nossos antepassados lhes deram para a transmissão das nossas tradições. Isso é tudo que pedimos." O administrador, com lágrimas nos olhos, disse que sim, que respeitaria, claro, e faria com que as respeitassem. Contudo, segundo o que Celia escutou, ele demorara mais secando as lágrimas do que em trair aquelas pessoas. Com grande diligência, expropriou o terreno de quatro hectares que os guardiões da tradição ocupavam e o ofereceu a La Mami, a quem, com certeza, devia sua vitória nas eleições. Sem a ajuda dela, não teria conseguido ganhar, mesmo somando os votos dos guardiões da tradição. La Mami tinha muito mais gente sob controle. Colocando as coisas na balança, seu apoio pesava mais do que o dos guardiões, de modo que, sem pensar muito, o administrador comunicou a estes que eles deveriam desocupar o terreno dos seus ancestrais. Obviamente, os guardiões se aborreceram muito e se recusaram a abandonar o local. Uma noite, cerca de cem pessoas pertencentes a um grupo armado tentaram desalojá-los à força; eles se defenderam com pedras, porretes e algumas balas. Os soldados da polícia da capital tiveram que cercar o terreno para garantir a ordem.

Toda essa informação foi dada a Celia por dom Lupe, o lavador de carros que trabalhava para a sede do distrito. Da calçada onde ensaboava carros, escutava todo tipo de conversa e presenciava o movimento de todos os membros da administração. Dom Lupe interpretaria Dimas e queria que Celia o ajudasse com a colocação de uma peruca. Estava muito orgulhoso porque finalmente concretizaria seu desejo de participar da celebração da Paixão. Enquanto ajustava a peruca nele, Celia viu que dom Lupe tinha um ferimento na mão e perguntou:

— O que houve com sua mão?

— Entrou um estilhaço.

— Parece bem grande, não?

— Sim, senhora, e nem sei de onde saiu. Tinha acabado de lavar o carro do administrador, e meu balde e minha estopa estavam bem ao lado de onde o mataram.

O instinto detetivesco de Celia deu sinais de alarme.

— Depois, quando passou o susto, enxaguei a estopa e, quando a espremi, a lasca entrou no meu dedo.

— Era de vidro?

— Sim. Como sabe?

— Nada, falei por falar... escute, e o senhor não olhou dentro do balde, para ver se havia outro estilhaço?

— Não, senhora, na verdade não tive essa ideia, joguei a água pelo bueiro e fui me cuidar, porque o dedo sangrava muito. A senhora não imagina como foi difícil tirar aquilo. Minha mulher me ajudou, e até precisamos pedir a lupa de uma vizinha, porque a lasca se partia quando tentávamos puxá-la.

Celia sentia que havia topado com uma pista importantíssima e morria de vontade de contar tudo a Lupita, mas teria que esperar até o dia seguinte. O que Celia jamais descobriu foi que, durante todo o dia, havia sido vigiada por gente do doutor Gómez.

Na cama do Centro de Reabilitação, Lupita, ignorando tudo o que estava acontecendo, tentava descansar e se familiarizar com os novos sons que a rodeavam e que, sendo inesperados, às vezes a assustavam. Ainda não tinha se acostumado a escutar os ruídos na cozinha, as conversas das enfermeiras, o abrir e fechar de portas. Do nada, e sem que viesse ao caso, começou a reproduzir mentalmente a "Canción mixteca"*. Não sabia o motivo, mas essa canção a comovia até às lágrimas. Uma imensa tristeza se apoderava dela, e não havia bebedeira em que não a cantasse aos berros:

> Qué lejos estoy del suelo donde he nacido,
> inmensa nostalgia invade mi pensamiento.
> Y al verme tan sola y triste cual hoja al viento
> quisiera llorar, quisiera morir de sentimiento.
> ¡Oh, tierra del sol!, suspiro por verte
> ahora que lejos me encuentro sin luz, sin amor.
> Y al verme tan sola y triste cual hoja al viento
> quisiera llorar, quisiera morir de sentimiento...**

---

* Escrita em 1915 pelo compositor José López Alavez (1889-1974), a "Canción Mixteca" se tornou extremamente conhecida e teve incontáveis gravações por diferentes artistas. É uma espécie de hino do estado mexicano de Oaxaca. (*N. do T.*)

** Em português: "Como estou longe da terra onde nasci, / imensa nostalgia me invade o pensamento. / E ao ver-me tão só e triste como folha ao vento / quisera chorar, quisera morrer de sentimento. / Oh, terra do Sol!, suspiro por te ver / agora que estou longe e sem luz, sem amor. / E ao ver-me tão só e triste como folha ao vento / quisera chorar, quisera morrer de sentimento..." (*N. do T.*)

Só de pensar na canção, Lupita, como sempre, ficava com lágrimas nos olhos. Quanta nostalgia lhe dava pensar na terra do sol! Desejava visitar esse lugar paradisíaco, onde não se necessita de nada. Gostaria de ir para lá sem precisar morrer. Seria genial encontrar a maneira de entrar e sair do seu corpo à vontade, sem perder a consciência.

PLANTAS ALUCINÓGENAS NO MUNDO PRÉ-HISPÂNICO

Dentro dos rituais praticados pelos índios mesoamericanos, o uso das plantas sagradas foi extenso. A tradição indígena mexicana em plantas psicotrópicas é muito antiga. Por meio delas, buscava-se obter uma conexão com o Deus que habitava dentro da pessoa mediante um estado de transe. Daí serem denominadas enteogênicas. Os xamãs as utilizavam para curar doenças ou para se aprofundarem em suas práticas adivinhatórias. Algumas dessas plantas são conhecidas como *medicinas*. Frei Bernardino de Sahagún, em sua *Historia general de las cosas de la Nueva España*, identificou diversas plantas psicotrópicas. Algumas ainda são utilizadas por diversos grupos étnicos. Entre as mais conhecidas, encontra-se o peiote. Outras plantas de características psicoativas, consideradas sagradas e medicinais, são as flores do tabaco (*Nicotiana taba-*

cum), a flor de cacau (*Quararibea funebris*), o toloache (*Datura ferox*), o ololiuhqui (*Turbina corymbosa*) e certos fungos denominados teonanácatl. Todas elas provocam diferentes reações: alucinógenas, indutoras de transe ou de delírios. A presença dos xamãs dentro dos rituais garantia que os participantes pudessem "viajar" para outras realidades e retornar sãos e salvos ao corpo. A experiência da viagem lhes permitia refletir sobre as causas da sua enfermidade e sobre como recuperar a saúde, proporcionava-lhes bem-estar e, sobretudo, dava-lhes a certeza de que dentro deles habitava a divindade.

Isso de sair do corpo tinha seus inconvenientes. Lupita nunca esqueceria o susto que teve ao amanhecer um dia na cama com um desconhecido. E não um desconhecido qualquer, mas um sujeito definitivamente repulsivo. Depois de observá-lo com nojo por um tempo, deu uma olhada na cama onde se encontrava, fazendo um balanço do estrago. O que descobriu foi ainda mais horripilante. Os lençóis estavam manchados por todo tipo de fluidos e miasmas. O bom é que naquele mesmo dia ela foi se internar para tratamento. O ruim é que teve uma recaída pouco tempo depois. Na verdade, foi somente com a morte do filho que conseguiu se livrar da garrafa por vários anos.

Agora que havia recaído de novo, atravessava uma situação parecida, só que amanhecera junto de um cadáver. Não queria arriscar que houvesse uma próxima vez. Desejava, com toda a alma, viver sóbria e com plena consciência do que fazia ou deixava de fazer.

LUPITA GOSTAVA DE CORRER

Lupita gostava de correr.

Até desmaiar. Até parar de sentir dor nas pernas. Até transcender toda sensação corporal e entrar em transe. Quando jovem, costumava correr todos os fins de semana, mas fazia tempo que seu trabalho a impedia de realizar essa atividade de maneira regular. Para ela, correr sempre fora uma válvula de escape. Permitia-lhe fugir da realidade, de um modo mais saudável do que o oferecido pelo álcool. Com a bebida, perdia todo o contato com seu corpo; correndo, recuperava-o; embora, no fim, acabasse por perdê-lo novamente ao entrar em um estado alterado de consciência. Correr lhe dava uma sensação total de liberdade. Pelo mesmo motivo, era muito incômodo estar presa. Atada. Limitada em seus movimentos. O soro estava conectado à sua mão esquerda, e isso já começava a cansá-la. Logo que foi internada, agradeceu enormemente cada gota de soro que entrou na sua corrente sanguínea, mas, agora que experimentava uma franca melhora, esse cordão umbilical artificial lhe provocava sentimentos opostos. Por um lado era bom saber que, por meio do soro, obtinha tudo de que seu corpo precisava. Era agradável se remeter ao momento em que sua mãe lhe deu o sustento mediante um cordão que unia os corpos das duas. Mas, por outro, sua condição atual a obrigava a se manter quieta se quisesse continuar conectada a um cordão que a nutria ao mesmo tempo em que limitava seus movimentos. Não podia mover o braço à vontade. Não podia andar como quisesse. Tinha que permanecer unida ao soro. Ir ao toalete com ele. Dormir com ele. Tomar banho com ele.

Para completar, o gesso que cobria sua perna fraturada era um impedimento duplo. Lupita já não sabia nem como se acomodar na cama. O corpo lhe pedia aos gritos que mudasse de posição, só que ela não podia executar plenamente essa tarefa. Novamente se sentia prisioneira, mas, agora, da sua doença. O pior era que se tratava de um padecimento que ela mesma provocara. Ninguém havia colocado uma faca no seu pescoço para obrigá-la a ir de boteco em boteco. Ninguém a forçara a insultar violentamente todo mundo, inclusive a pavorosa La Mami. Ninguém torcera seu braço para que ela se entupisse de cocaína. Foi uma decisão que ela mesma tomou. Originada da sua doença emocional não resolvida? Sim, talvez, mas o caso era que ela, e mais ninguém, era quem decidia a forma de enfrentar seus problemas. Se alguém escrevesse uma notícia policial sobre seu caso em particular, com toda a autoridade poderia falar da existência de uma assassina solitária, ou seja, ela mesma, como a responsável por tudo. Curiosamente, era isso mesmo que os responsáveis pela investigação da morte do administrador distrital tentavam fazer. Pela manhã, o jornal havia publicado uma nova versão dos fatos. Segundo a matéria, o administrador tinha se suicidado com um estilete que levava escondido sob a manga. E onde ficara o estilete? Sabe lá. E onde estava o bilhete com o qual os suicidas costumam se despedir? Sabe lá. E por que se suicidou? Sabe lá. Isso era o de menos. O urgente era encerrar o caso e passar sem mais demora à celebração da Paixão, coisa que estava acontecendo tal como se esperava. As emissoras de tevê cobriam passo a passo o desenrolar da representação. Dom Neto, em seu papel de Judas, até o momento resistia bastante bem aos insultos que lhe eram dirigidos na rua. Houve apenas um momento em que quis responder à agressão, mas a vaidade o conteve. Se saísse na porrada com um nazareno, o mais provável era que a peruca que Celia colocara nele voasse pelos ares, e ele não queria que a careca ficasse exposta.

A única coisa boa de toda a encenação do bairro era que, graças à enorme necessidade de que fosse levada a cabo, da noite para o dia Lupita deixara de ser a suposta responsável pela agressão que o administrador havia sofrido. Isso a colocava em uma posição mais cômoda, mas continuava latente a possibilidade de que as pessoas que a tinham jogado na caverna soubessem que continuava viva e viessem à sua procura.

Talvez por ter tomado muito soro ou por ter se lembrado do assassinato, o fato é que ela sentiu uma vontade enorme de ir ao banheiro, tão forte que a obrigava a se levantar da cama. Chamou a enfermeira para pedir ajuda, mas não teve resposta. Com grande dificuldade, ficou de pé e se dirigiu ao sanitário, mancando e arrastando o suporte do soro.

Escutavam-se, vindos da rua, os sons ininterruptos dos fogos. A Festa da Paixão estava em pleno apogeu. Cada estalido reverberava com força na cabeça de Lupita. O ruído a incomodava, mas seu mal-estar não era maior do que a vontade de urinar.

Mal teve tempo de chegar ao banheiro. Assim que se sentou, a urina escapou da bexiga e lhe produziu um grande prazer. Estava tão aliviada que nunca soube em que momento o som dos fogos se misturou com o de rajadas de metralhadora. Escutou correria e gritos no corredor. O instinto a fez se levantar e se esconder atrás da porta do banheiro. A porta do seu quarto se abriu de repente, e vários disparos se incrustaram na cama que ela acabava de desocupar. Passaram-se alguns segundos antes que escutasse algo mais. Espiou com cuidado. Da porta entreaberta se podia ver sua cama. Os lençóis estavam desarrumados, então parecia que Lupita ainda estava ali. Um homem caminhou até a cama e levantou violentamente os lençóis. Descobriu que ali não havia ninguém. Lupita se grudou à parede e empunhou o suporte do soro para se defender. Um pensamento absurdo atravessou sua mente: "Ufa, ainda bem que tive tempo de fazer xixi!" A porta do banheiro foi aberta com um chute e Lupita prendeu a respiração. Ouviu mais gritos e tumultos no corredor. Alguém ordenou a retirada. Mais tiros e correria obrigaram o homem a sair do quarto. Lupita se apoiou no suporte e constatou que tinha que fugir. Nunca soube de onde tirou forças para sair no corredor e deixar o hospital. Muito menos como foi que evitou as balas, já que a adrenalina a impelia a correr, mas as pernas não respondiam.

A uma quadra do hospital, uniu-se a um grupo de nazarenos que caminhavam em procissão. Dirigiam-se ao Cerro de la Estrella, onde aconteceria a crucifixão de Cristo. Lupita nunca se emocionara muito com a festa. Respeitava-a porque fazia parte da tradição, mas só isso. Nesse dia, tudo adquiriu um novo significado. Uniu-se à procissão porque não lhe restava alternativa. Todos iam vestidos com longas túnicas e ela com uma camisola de hospital, mas ninguém estranhou sua aparência. Consideraram uma nova maneira de participar da festa, e deduziram que o tripé do qual pendia o frasco de soro significava uma cruz a carregar. Lupita tentava se livrar do soro, mas era difícil manter o equilíbrio em um só pé e ao mesmo tempo arrancar o esparadrapo que prendia a agulha no lugar. Precisava se desligar daquilo de qualquer modo para poder se mover com mais liberdade, ou ao menos era o que pensava, embora fosse óbvio que, de algum modo, o tripé lhe oferecia um bom apoio e que se desfazer dele não era boa ideia. Quando finalmente tirou a agulha, despencou no chão. A dor na perna era intensa. Os fiéis passavam ao seu lado sem lhe dar atenção, concentrados. Rezando e oferecendo a caminhada ao Cristo na cruz.

Lupita, ao vê-los, desejou com toda a alma ter aquela mesma fé. Ela a tinha perdido muito menina. Justamente no dia em que o padrasto a estuprou. Onde estava Deus naquela manhã? Por que permitiu que aquilo acontecesse? Desde então, não o perdoava e se afastara completamente da religião. Um dos requisitos para entrar no AA era se render ante um poder superior. Lupita o fez, mas nunca em termos religiosos. Falando honestamente, nunca se rendera ante um poder superior, pois não entendia do que se tratava. Agora, porém, depois de se livrar do soro, sentiu urgência de se conectar com algo para além do corpo, algo que a mantivesse viva. Quando menina, escutara que é no centro da cruz que os quatro ventos se encontram, e que ali se enraíza o espírito das coisas. Lupita gostava de pensar que o Cristo crucificado nunca havia experimentado dor alguma porque, no momento em que o cravaram na madeira, sua alma emigrou para o centro da cruz. Para aquele lugar fora do tempo onde se instalavam todos os que saíam dos seus corpos. Era o lugar que buscava com tanto afã em suas bebedeiras. Um lugar onde não se experimentava o sofrimento. Era para lá que queria ir. Definitivamente, a dor física convidava à elevação do espírito. O corpo, cansado de sofrer, queria deixar de lado todos os seus padecimentos e descansar.

Lupita apoiou a cabeça entre as pernas e se rendeu. Pediu a quem quer que estivesse em um nível superior que lhe permitisse repousar no centro. No espírito. Onde houvesse paz. Onde houvesse luz. Luz. Luz.

CERRO DE LA ESTRELLA

Desde a época pré-hispânica, era no cume do Cerro de la Estrella, denominado Huizachtépetl pelos astecas, que se buscava a luz, que se almejava a luz, que se venerava a luz mediante a cerimônia do Fogo Novo. O cerro fica 2.460 metros acima do nível do mar, e do seu topo se pode apreciar todo o Vale do México. Com o acendimento do fogo, renovava-se a ideia do fim de um ciclo solar e do começo do outro. A cerimônia requeria um sacrifício humano.

Lupita observou que os nazarenos se detinham na rua. Chegara a hora em que o Cristo era crucificado. O ambiente no Cerro de la Estrella era imponente. Comovente. Todos os espectadores ficaram em silêncio absoluto no momento em que Cristo morria na cruz. Nesse preciso instante, todos os que haviam feito a procissão carregando sua própria cruz levantaram-na ao mesmo tempo. Lupita fechou os olhos e se deixou contagiar pela fé que a rodeava. Sentiu que uma enorme paz a inundava. Uma claridade se apoderou da sua mente e a fez se sentir reconfortada. Se morresse naquele momento, morreria em paz. Se uma bala atravessasse seu caminho, bem-vinda! Não sabia a que atribuir isso, mas pela primeira vez tinha a certeza de que a morte não existia. De que tudo confluía para o centro do universo.

Tudo se reencontrava. Tudo tomava forma uma e outra vez, em um ciclo eterno e contínuo.

Por um momento, afastou-se do mundo. Não escutou as sirenes se aproximarem do Centro de Reabilitação. Não soube que ao seu lado passaram fugindo uns pistoleiros. Não soube nada, a não ser que, do centro do seu coração, uma fibra invisível se elevara e ela conseguira se conectar com o coração do céu. Esse fato era tão contundente que o que acontecia ao seu redor passou para segundo plano. Já não escutava nada. Já não via nada. Já não lhe importava nada. Não soube que um pistoleiro parou por um momento à sua frente e atirou. Não percebeu que o tripé do soro salvou sua vida, interpondo-se entre ela e a bala. Apenas abriu os olhos, alarmada pelo som do disparo, e então viu que Tenoch, um homem com alargadores e um beiçote no lábio, protegia-a da agressão do pistoleiro, tomando-a nos braços e a ajudando a fugir do lugar, que a essa altura se transformara em um caos.

Lupita não ofereceu resistência. Deixou-se guiar docilmente pela mão de Tenoch. A única pessoa em quem podia confiar naquele momento era aquele homem.

LUPITA GOSTAVA DE SEMEAR

Lupita gostava de semear.

Tocar a terra. Caminhar descalça sobre ela. Regá-la. Sentir seu cheiro. Não havia nada comparável à sensação que o cheiro de terra molhada lhe proporcionava. Gostava de percorrer o campo ao amanhecer e descobrir o quanto suas plantas haviam crescido durante a noite. Às vezes gostava de percorrer as sementeiras à noite e aguçar o ouvido para escutar o som que as plantas faziam enquanto cresciam. Afirmava que, no silêncio, podia-se até ouvir o som da casca das sementes ao se romperem para dar passagem a uma nova planta. Ninguém acreditava nisso, e por essa razão fazia anos que não falava essas coisas. A família da sua mãe vinha do campo e, durante a infância, Lupita costumava passar as férias na casa dos parentes, o que lhe permitiu participar dos trabalhos de semeadura. Por razões alheias à sua vontade, tornara-se uma moradora de cidade grande, mas, se a deixassem escolher, definiti-vamente optaria pela vida no campo.

Com esses antecedentes, não lhe deu trabalho algum se adaptar à vida dentro de uma comunidade indígena instalada no alto da serra de Guerrero. Ou pelo menos esse era o lugar para onde disseram que a tinham levado. Não sabia exatamente onde se encontrava, mas isso não a preocupava nem um pouco. Lembrava-se de ter passado horas dentro de um carro dirigido pelo taciturno "salvador" que a tirou da rua, mas que quase não lhe dirigiu a palavra durante o trajeto. A duras penas, confessou que se chamava Tenoch, e isso foi tudo. Lupita não pôde deixar de observar que ele usava alargadores e um beiçote no lábio inferior, assim como o homem que ela mesma havia descrito perante as autoridades para que fizessem um retrato falado. Seria simples coincidência? Ou Lupita se transformara em um ímã para esse tipo de gente? O mal-estar que experimentava era muito maior do que sua curiosidade, de modo que optou por manter silêncio, recostar-se no banco traseiro do automóvel e fechar os olhos. A vibração do carro lhe indicou que primeiro transitaram por uma autoestrada e depois por um caminho de terra. Não desejava este último trecho nem mesmo ao seu pior inimigo. A dor da perna e das costelas aumentava a cada sacolejo do veículo. Finalmente, chegaram, já de madrugada, àquele lugar. Tenoch desligou o motor, desceu do carro, abriu a porta traseira e ofereceu o braço para ajudá-la a desembarcar. Ela perguntou:

— Onde estamos?

— Em um lugar seguro.

Foi a única resposta que obteve; para ela, era mais do que suficiente. Tentou observar o entorno, mas uma densa névoa impedia a visão a mais de dois metros. Os latidos dos cães alertaram os habitantes do lugar sobre a presença dos recém-chegados. Do interior de uma das choças, saiu uma mulher indígena que se aproximou com um sarape na mão. Agasalhou Lupita com aquela espécie de poncho e gentilmente a conduziu até o interior de outra das choças, onde um catre a esperava. Pouco depois entrou outra mulher, oferecendo uma xícara de chá. Lupita o bebeu, deitou-se e dormiu imediatamente. No fim da madrugada, o frio a despertou. Quando tentou se cobrir, o catre rangeu e ela logo escutou uma voz feminina lhe perguntando:

— Está com frio?

— Sim.

— Daqui a pouco vamos lhe trazer um cafezinho para a senhora se aquecer...

Lupita soube então que não tinha dormido sozinha, que dentro do mesmo aposento havia pelo menos outra mulher. A escuridão não lhe permitia saber se mais alguém estava ali. Quando a luz do amanhecer se filtrou pelas frestas das tábuas da choça, Lupita constatou que compartilhara o espaço com três mulheres, as quais já se preparavam para o trabalho diário. Uma delas começou a moer milho para fazer as tortilhas. Outra acendeu o fogo e coou café para todas. A última saiu e foi buscar ovos para o desjejum.

Desde o dia da sua chegada, Lupita não parou de receber atenção e cuidados daquelas mulheres que lhe ofereciam tudo o que possuíam sem a menor restrição. Em nenhum momento, sentiu-se "estrangeira". O aroma das tortilhas recém-preparadas lhe despertou o apetite. Comeu com deleite um ovo mexido e duas tortilhas, acompanhando tudo com café. Dias mais tarde, descobriria que lhe deram ovos em consideração ao seu estado de saúde, mas que nem sempre podiam se dar o luxo de fazer uma primeira refeição daquelas.

A comunidade onde Lupita se instalara era integrada por mulheres e crianças. Tenoch, o homem que a tinha levado àquele lugar, desaparecera no dia seguinte ao de sua chegada, e ela não voltara a vê-lo. As mulheres estavam perfeitamente organizadas e trabalhavam intensamente. Um dia, Lupita se animou a lhes perguntar pelos homens. Elas explicaram que não havia homens ali porque eles emigraram clandestinamente ou trabalhavam para os narcotraficantes. Por causa disso, a maioria dos habitantes era de mulheres, alguns anciãos e crianças. Lupita insistiu:

— E os que trabalham para os traficantes, onde estão?

— Quem sabe? Aqui não os queremos, porque nos põem em perigo.

As mulheres contaram a Lupita que um dia, cansadas de viver preocupadas, falaram com os avós que formavam o conselho de anciãos e todos decidiram que ali não seriam aceitos pistoleiros, traficantes ou bêbados, e aquele que incorresse nessas práticas que tanto afetavam a vida da comunidade seria automaticamente expulso.

— E eles foram embora sem reclamar?

— Não, claro que não. Tivemos que enfrentar uma boa briga, mas a polícia comunitária da Casa de Justiça de El Paraíso nos apoiou.

— E como funciona essa polícia?

— Funciona muito bem; são todos indígenas como nós e querem o mesmo que a gente. Nenhum deles recebe salário por seu trabalho, e eles arriscam a vida para nos defender dos abusos do governo, dos federais, do exército e dos traficantes. Ensinaram-nos a nos organizar com nossos recursos e a defender o que é nosso. Tal como eles fizeram há dezoito anos. Também estavam fartos de que houvesse tantas mortes nas suas aldeias e de que os traficantes fossem os mandachuvas. Então se organizaram para se defenderem. Muitos velhinhos que tinham armas do tempo da revolução as deram a eles para que matassem os traficantes, e eles mataram...

— Assim, sem mais nem menos?

— Sim! Senão, como? Morto o cão, acaba-se a raiva.

— O problema é que há muitos cães raivosos por aí, e estão bem organizados.

— Sim, claro, não é fácil, às vezes os pistoleiros querem vir e nos meter medo para que continuemos plantando droga, mas, quando os vemos chegando, pedimos ajuda e de imediato os companheiros nos apoiam.

— Para matar todos eles, imagino.

— Isso mesmo.

— Um tanto violento, não acha?

— O que eles fazem é pior. Veja bem, dona, os traficantes que mutilam, torturam e assassinam já não são parte de nós, já não pertencem a nenhuma família nem comunidade. Atuam contra todos, já não servem para nada, ao passo que, quando enterramos um deles, permitimos que ele seja de novo parte de nós. Ele se transforma em pó, em alimento, e voltamos a ser irmãos. O corpo dele, dissolvido na terra, trabalha para sustentar de novo a vida e não para destruí-la.

 ## ALCOOLISMO NO MÉXICO ANTIGO

Antes da chegada dos espanhóis a terras mexicanas, o alcoolismo não era um problema de saúde para a população indígena. O consumo de álcool era estritamente regulamentado. A ingestão do pulque, bebida fermentada que se obtém do hidromel do agave, só era permitida às pessoas de mais de 52 anos, aos membros da elite, em atos cerimoniais e, durante as festas, à gente comum. A embriaguez pública era castigada com severidade. Um bêbado que saísse à rua para se exibir corria o risco de morrer a bordoadas. Dentro da cosmogonia dos povos pré-hispânicos, na qual toda vida tem um propósito, o bêbado merecia morrer porque entregara sua vontade a um deus equivocado, coisa que se tornava um grande impedimento para que ele pudesse cumprir seu desígnio. Só eram autorizados a beber sem restrições aqueles cuja vida ativa terminara e já não eram um peso para a sociedade nem prejudicavam o correto funcionamento da ordem cósmica.

O primeiro discurso governamental perante os povos se refere a esta bebida como "o princípio de todo mal e perdição, porque o *octli* (pulque) é como uma tempestade infernal que traz consigo todos os males juntos. Da embriaguez procedem os furtos, os roubos, os latrocínios e a violência... o bêbado nunca tem sossego nem paz nem quietude. Nem da sua boca saem palavras pacíficas ou equilibradas. O bêbado é destruição da paz pública."

Lupita ficou em silêncio diante das palavras que acabava de escutar. Nunca ninguém lhe dissera algo parecido. Esse conceito sobre a vida e a morte obrigava uma reflexão. Perguntou-se o que Carmela, a mulher com quem conversava, faria se soubesse que ela era uma alcoólatra que, sob influência da bebida, não pensava em ninguém além de si mesma. Depois de alguns segundos, perguntou:

— Aquele que me trouxe faz parte da polícia comunitária?

— Tenoch? Não, imagine! É nosso xamã, é quem cura e protege nossa alma.

— E onde está?

— Na capital... ele tem um grande trabalho para fazer lá. Nós aqui também, de modo que, com sua licença, temos que ir para o campo.

— Sim, sim, podem ir... Ah, e como se comunicam entre si para pedir ajuda? É que meu celular está descarregado e preciso dar um telefonema.

— Pois é, mas vai precisar esperar o xamã ou a mãezinha dele, que também é xamã. Vão vir a um batizado daqui a uns quinze dias; eles, sim, têm celular.

Lupita ficou refletindo sobre a conversa que tivera com essa mulher indígena. Já ouvira falar do bom trabalho realizado pela polícia comunitária do estado de Guerrero. Sabia que eles tentavam há anos levar as autoridades a reconhecerem seu direito de resguardar a própria segurança dentro das comunidades e de administrar a justiça de acordo com suas tradições, mas nunca escutara testemunhos de primeira mão. Definitivamente, a atuação dos corpos policiais conhecidos por Lupita deixava muito a desejar. Na maioria das vezes, davam proteção aos delinquentes e aos políticos desonestos, e em raríssimas ocasiões se ocupavam com a cidadania. Lupita desejou fazer parte de uma polícia comunitária. Prestar serviço e arriscar a vida por uma causa melhor. Era como se, ao deixar em casa o uniforme de policial, tivesse abandonado o aspecto negativo do seu trabalho e estivesse retomando o verdadeiro propósito que a tinha levado a querer integrar a corporação policial.

Teve vontade de confessar àquelas mulheres que era da polícia e que, se elas quisessem, poderia lhes dar proteção dentro da comunidade. Teve vontade de retribuir, por meio do seu trabalho, a amabilidade e a generosidade com que estava sendo tratada, mas não era o momento. Nas condições em que se encontrava, não podia defender nem uma formiga. Primeiro precisava recuperar sua condição física e curar a parte mais sensível e danificada do seu ser. Por outro lado, era bom viver no anonimato. Aquelas mulheres não sabiam nada sobre ela, não a julgavam nem a rejeitavam. Não sabiam nada do seu passado, por isso mesmo não tinham nada pelo que recriminá-la. Diante delas, era uma simples mulher que precisava de ajuda, e elas a atendiam com toda a generosidade. O surpreendente era que faziam isso sem descuidar em nenhum momento das próprias obrigações. Funcionavam sob uma forma de organização comunitária chamada *tequio*, espécie de mutirão, em que todos os integrantes contribuem, com seu trabalho, para o bem-estar dos outros. Essa forma de colaboração era realmente boa. Ninguém esperava nada em troca além da satisfação que sentiam por elevar a qualidade de vida de cada um dos integrantes da comunidade. Era essa mesma estrutura que mantinha as polícias comunitárias em bom funcionamento. Totalmente o contrário do ambiente político e de trabalho no qual ela vivia, e no qual ninguém colaborava gratuitamente com ninguém, no qual não se dava ponto sem nó. Na capital do país, era óbvio que uma enorme decomposição social permeara os partidos políticos, as repartições governamentais e os órgãos públicos. Em contraposição, no lugar onde estava, longe da chamada "civilização", a única coisa que ela via desde que abria os olhos até fechá-los era a contundente beleza de uma serra que, à noite, deixava-se cobrir pela névoa para, de manhã, desnudar-se por completo. Era um espetáculo matutino de uma beleza que comovia Lupita até às lágrimas. Parecia um privilégio poder presenciar, de seu catre, o momento mágico no qual a bruma se dissipava e as montanhas apareciam diante dos seus olhos.

A natureza e as mostras de generosidade daquelas mulheres indígenas conseguiram fazer com que Lupita finalmente fosse capaz de conceber um poder superior. Uma energia suprema que organizava o movimento dos astros, que regulava os ecossistemas e que, entre muitas outras coisas, harmonizava os ciclos da lua com os das mulheres.

Inevitavelmente, Lupita foi sarando dia após dia, assim como os seus ossos fraturados. Quando sua perna ficou suficientemente forte para sustentá-la, gostava de sair à noite, à luz da lua, para percorrer os campos. Apesar do horário, usava chapéu, porque sua avó havia lhe dito que a luz da lua era tão poderosa quanto a do sol e que convinha tomar precauções antes de se expor a ela. Gostava de saber que da escuridão da terra brotava a vida. Que, embora à primeira vista não percebamos o que acontece ali dentro, há sementes que germinam, que se abrem, que crescem, que serão parte de nós. Que há coisas que não vemos, mas que existem.

E que, assim como os deputados e senadores aproveitavam a escuridão da madrugada para aprovar às pressas reformas energéticas e fazer acordos infames, covardes e ignominiosos para entregar a empresas estrangeiras os recursos naturais do país, Lupita descobriu que existia outro México. Nele, estavam sendo plantadas novas sementes; elas ainda não eram visíveis, mas logo dariam frutos, e delas surgiriam outras ideias, organizações, irmandades.

À medida que foram passando os dias, Lupita foi deixando de lado sua necessidade de telefonar para Celia ou para o comandante Martínez. Não fazia sentido insistir. A bateria do seu celular estava descarregada e ela não tinha como carregá-la. Ponto final. Assim, resignou-se e desfrutou com plenitude da experiência de isolamento que a vida lhe presenteava. Um dos benefícios que obteve foi o de acalmar sua ansiedade consumista. Nas grandes cidades, a pessoa, mesmo que não quer, entra na dinâmica de comprar o novo. O último celular. O último iPad. O último equipamento de som. O último aparelho de DVD. O último forno de micro--ondas. Demora-se mais a comprar esses produtos do que eles a saírem de moda, porque já surgiram novos modelos que precisam ser adquiridos, descartando os velhos. Diante da impossibilidade de conseguir os novos aparelhos, a pessoa vive em meio a uma permanente insatisfação. Agora Lupita se dava conta de que, na verdade, ter ou não um novo celular não fazia a mínima diferença.

Em sua reclusão involuntária, aprendeu a desfrutar das novidades que a natureza oferecia, mas que ela não tinha obrigação de comprar. O último entardecer. Os novos frutos das árvores. A primeira gota de orvalho. Tudo era recente. Tudo mudava a cada dia. Tudo se transformava, mas de maneira gratuita e ao alcance de todos.

Depois de 21 dias de "limpeza emocional", de não ler jornais, de não saber dos roubos dos governantes da vez, de não ver mortos nem decapitados, ela conseguiu se sentir parte de um espírito que abarca tudo, que renova tudo. E, assim como a névoa desaparecia de manhã entre as altas montanhas, a densa camada de tristeza que cobria o seu coração começou a se dissipar.

LUPITA GOSTAVA DE PROTEGER

Lupita gostava de proteger.

Talvez tivesse sido por isso que se tornara policial. Ajudar em casos de emergência lhe dava muita satisfação. Apoiar. Cuidar. Reconfortar.

Na vila onde cresceu, as suas vizinhas constantemente a procuravam para que ela as defendesse de perigos ou agressões que pudessem sofrer. Celia era uma das garotas que lhe pediam auxílio com mais frequência. Era só três anos mais nova do que Lupita, mas era franzina e assustadiça. Por exemplo, tinha pavor dos perus de dona Toña, que andavam soltos por todo o pátio e que costumavam bicá-las quando elas corriam. Quando via que as aves se alvoroçavam, Lupita utilizava seu corpo como um escudo, dando cobertura à amiga de tal modo que, se os perus as perseguissem, Celia ficaria protegida.

Um sorriso se desenhou em seu rosto. Fazia tanto tempo que não se lembrava das brincadeiras infantis! Às vezes, até era difícil pensar que um dia fora uma menina risonha. Seu sorriso era contagioso. Quando crianças, Celia e ela tinham ataques de riso. Se dona Trini, mãe de Lupita, estivesse por perto, dizia: "Parem com as gargalhadas, vocês parecem umas bobas." Coisa que as fazia rir ainda mais. Como riram juntas! Conforme foi crescendo, Lupita foi perdendo essa alegria infantil, mas continuava com uma risada vigorosa. Ninguém podia escutá-la sem se unir a ela. Claro, quem melhor a acompanhava era Celia. E, nisso de rir e brincar, Lupita enfrentou várias vezes os perus. Esses atos de valentia lhe acarretaram uma infinidade de bicadas, mas mesmo assim ela nunca se amedrontou. A satisfação que sentia ao prestar seu serviço de proteção às vizinhas era muito superior ao desconforto que a dor deixava em suas pernas.

Se, naquela manhã, alguém lhe dissesse que dali a pouco precisariam dos seus serviços de protetora, ela jamais acreditaria. Até aquele momento, a vida na comunidade era tranquila, apesar do tumulto em que se encontrava todo o estado de Guerrero. Lupita já estava totalmente aclimatada ao novo estilo de vida. Adorava ser acordada pelos galos e escutar o canto das pequenas aves ao iniciarem suas atividades matinais. Em especial, o de uma passarada que saía de uma caverna quando os primeiros raios de sol apareciam no céu. Levantar-se com o amanhecer e se deitar cedo depois de uma jornada de trabalho era uma bênção. Sua perna estava se curando bastante bem. A costela já quase não doía, embora só tivessem passado 21 dias desde sua chegada.

Sua adaptação era completa. Qualquer um que a visse não poderia diferenciá-la das outras mulheres que integravam a comunidade. Usava as mesmas roupas que elas. Penteava-se com longas tranças. Tinha os mesmos traços físicos e a mesma cor de pele. Talvez um pouco menos curtida pelo sol, mas isso era o de menos. Poderia dizer que se sentia contente. Estava tomando banho de caneca no interior de uma espécie de cabana destinada à higiene pessoal. Era acompanhada por Carmela, uma das mulheres indígenas com as quais havia desenvolvido mais amizade. Ela a ajudava, evitando que o gesso da sua perna fosse molhado. No exterior da cabana, escutavam-se os ruídos habituais. As crianças brincando, as galinhas cacarejando e os cães latindo.

De repente, chamou a atenção de Lupita o fato dos cães estarem latindo tanto. Lembrou-se do dia de sua chegada.

— Escute, Carmela, será que Tenoch já chegou?

— Pode ser, estamos esperando por ele desde ontem.

Lupita manteve o ouvido alerta. Estava seminua quando escutou que o latido dos cães era acompanhado pelo som de correria e gritos. Lupita e Carmela fizeram silêncio. Por uma fresta entre as tábuas da parede, Lupita olhou o que acontecia lá fora.

Um grupo de pistoleiros sacudia e espancava indiscriminadamente velhos, mulheres e crianças que impediam sua entrada na comunidade. Lupita sentiu o sangue lhe subir à cabeça. Não suportava ver o uso da força contra a população civil. Acabou de se vestir como pôde e saiu, procurando ficar escondida da vista dos estranhos.

Era um grupo armado que não passava de cinco integrantes. Vinham fugindo de um povoado de Michoacán, onde trocaram tiros com um grupo de autodefesa. Estes últimos eram diferentes da polícia comunitária, mas também surgiram da necessidade da população de se defender ante as cotas de proteção que a delinquência organizada lhes impunha e do cansaço causado pelos constantes sequestros, extorsões, estupros e homicídios que as aldeias sofriam. Havia uma expansão de grupos de autodefesa, que assumiam o comando em povoados michoacanos, recuperando o controle das terras e participando da eleição das autoridades. Estavam até sendo reinstaurados os conselhos de anciãos. Muitos desses grupos se inspiraram na luta zapatista que, vinte anos após seu surgimento, alcançara grandes êxitos. Para começar, lavravam o campo e se abasteciam eles mesmos. Contavam com 27 municípios autônomos e em nenhum deles se bebia álcool nem se plantavam entorpecentes. Exerciam a justiça sem a intervenção governamental. As mulheres eram respeitadas e ocupavam posições e responsabilidades que elas mesmas conquistavam. Dentro do seu território, somente eles mandavam e decidiam que rumo tomar.

Tiros foram ouvidos ao longe. Em segundos, Lupita já estava no centro da ação, mesmo sem poder caminhar normalmente. Com o bastão que utilizava para se firmar, golpeou a nuca de um dos pistoleiros que apontava a arma para um dos anciãos, o qual, enquanto isso ocorria, não parava de insultá-lo em língua indígena. O sujeito caiu de bruços. Lupita o desarmou e, com o fuzil, começou a disparar contra os outros pistoleiros, ferindo dois deles e fazendo os outros fugirem, embora estivesse apoiada em um só pé. Assim que eles escaparam, Lupita se deixou cair no solo. O esforço tinha sido demais. Percebeu que estava recebendo um olhar de agradecimento por parte dos integrantes da comunidade. Uma das filhas de Carmela se aproximou e a abraçou carinhosamente. Lupita se sentiu muito satisfeita. E, assim como os outros se surpreenderam com a coragem e a rapidez com que ela reagira ao ataque, espantou-se ao descobrir que a arma com a qual tinha atirado e que minutos antes havia sido empunhada pelo pistoleiro cujo pescoço ela quebrara era um fuzil Xiuhcóatl. Não entendia como eles possuíam uma arma de uso exclusivo das Forças Especiais do Exército Mexicano. O Xiuhcóatl (serpente de fogo em náuatle) era um fuzil de assalto desenhado pela Direção Geral de Indústria Militar do Exército Mexicano.

🦋 XIUHCÓATL: *SERPENTE DE FOGO,* 🦋 *SERPENTE SOLAR*

Era a arma mais poderosa dos deuses astecas. Pertencia ao deus Huitzilopochtli, nascido de Coatlicue (a terra). Segundo o mito, a mãe de Huitzilopochtli engravidou depois de guardar no seio umas penas que encontrou no chão, quando varria a casa. Ao terminar de varrer, procurou as penas, mas não as encontrou. Soube então que estava grávida. Seus quatrocentos filhos e sua filha,

Coyolxauhqui, sentiram-se desonrados. Não viram com bons olhos a gravidez da mãe e decidiram assassiná-la. Puseram-se em marcha sob as ordens de Coyolxauhqui e, quando estavam prestes a chegar junto da mãe, Huitzilopochtli nasceu, ornamentou-se com finas penas, tomou nas mãos Xiuhcóatl (a serpente de fogo) e com ela cortou a cabeça da irmã. Coyolxauhqui rolou até o pé da montanha e ficou desmembrada. Em seguida, Huitzilopochtli aniquilou seus quatrocentos irmãos. Quando terminou, pegou a cabeça da irmã e a lançou ao céu, onde esta se transformou na lua, simbolizando a luta permanente entre o sol e a lua. Em Tenochtitlán se realizavam sacrifícios humanos em louvor a Huitzilopochtli, com o propósito de lhe dar vigor para que ele travasse sua batalha diária contra a escuridão. E, assim, garantir que o sol voltasse a sair depois de cada 52 anos.

Lupita estava convencida de que o homem cujo pescoço ela havia quebrado com um só golpe e que jazia ao seu lado não era um militar. A forma como ele se movimentava não correspondia a uma pessoa que tivesse recebido uma educação castrense. De onde tiraram aquela arma? Teriam contato com militares da região? Ela não sabia. O que sabia, isto sim, era que precisava urgentemente telefonar para Celia! Dizer à amiga que estava viva. Contar que, mais uma vez, tinha sobrevivido. A pobre da Celia, diante da falta de comunicação por parte de Lupita, era capaz de achar que ela estava morta!

De fato, Celia estava muito preocupada. Um dia depois que internou Lupita, o apartamento desta foi invadido. Precisamente na Sexta-Feira Santa, o mesmo dia do ataque ao Centro de Reabilitação. A vila estava vazia. Todos tinham ido à celebração e ninguém viu nada. Quando Celia voltou, viu que a porta da casa de Lupita estava aberta. De início achou que a amiga fugira do Centro de Reabilitação e estava de volta, mas, quando entrou no apartamento, percebeu que alguém havia entrado ali com grande violência e destroçado o lugar. O mais curioso era que não tinham roubado nenhum aparelho eletrônico. Mais parecia que os intrusos procuravam por algo. Celia foi imediatamente ao Ministério Público a fim de relatar o acontecido, mas o funcionário da vez estava tão sonolento que apresentou uma série de evasivas para não atendê-la. Primeiro disse que, como Celia não era a moradora, não podiam iniciar uma investigação, a não ser que ela trouxesse uma procuração junto com um comprovante de residência, uma cópia do seu título de eleitor, uma do registro de nascimento e outra do recibo da última conta de luz. Só então poderia tomar seu depoimento. Para sua sorte, nesse momento o comandante Martínez apareceu e a ajudou. No fim, pegou-a pelo braço e a convidou a entrar em seu escritório. Ali, Celia soube pelo próprio comandante Martínez do ataque cometido contra os pacientes internados no Centro de Reabilitação. Ele deu um relatório preliminar sobre a quantidade de mortos e feridos. Antes que Celia desmaiasse por causa do que estava escutando, o comandante lhe pediu que não se preocupasse, pois Lupita não constava na lista dos que haviam falecido... só estava desaparecida. E perguntou se Celia fazia alguma ideia de onde ela poderia estar.

— Onde? Eu é que gostaria de saber! Deixei Lupita internada, e a única pessoa a quem informei o paradeiro dela foi o senhor... bom, e logo depois metralharam o lugar!

— Está me acusando?

Celia levantou os ombros como resposta. Estava muito desconcertada e irritada.

— Veja, Celia, de fato fui procurar Lupita, mas cheguei logo depois do tiroteio... e... bem, não tenho que lhe dar explicações! Como a senhora mesmo diz, sou eu o detetive, sou eu quem faz as perguntas. Sabe ou não sabe onde se encontra sua amiga?

— Não.

— Bem, então muito obrigado, pode se retirar.

Celia se levantou e se encaminhou para a porta. Mas, antes que saísse, o comandante Martínez comentou:

— E, para sua informação, tenho muito interesse em achar Lupita...

De fato, independentemente de toda a questão policial, o comandante Martínez gostaria de voltar a ver Lupita, queria continuar a relação que haviam iniciado na casa noturna.

O comandante Martínez e Celia não eram os únicos que procuravam Lupita, movidos por interesse pessoal ou profissional. Aparentemente existia um grupo ligado às atividades delituosas de La Mami que estava muito interessado em encontrá-la. Martínez esperava encontrar Lupita com vida, antes das pessoas que metralharam o Centro de Reabilitação. Não se conformava com a versão de que os atiradores, em um ato de vingança, eliminaram os dependentes que haviam deixado de consumir as drogas vendidas pelos "vapores" comandados por La Mami. Estava certo de que havia algo mais e de que Lupita poderia lhe dar informações que os levariam à captura dos meliantes. Não tinha dúvida de que, por trás do atentado, estava o grupo criminoso de La Mami, mas necessitava de provas para poder acusá-la. La Mami, por sua vez, continuava em plena recuperação.

A festa da Paixão havia terminado e tudo voltara a normalidade, mas tinha deixado nos moradores um sabor amargo. Era realizada havia mais de cem anos em perfeita ordem e com a cooperação dos oito bairros de Iztapalapa. Era um verdadeiro exemplo de organização civil. As autoridades forneciam apenas segurança e apoio, mas o resto corria por conta dos habitantes do distrito, e era a primeira vez que a celebração era manchada por um evento daquela natureza.

LUPITA GOSTAVA DE DEDUZIR

Lupita gostava de deduzir.

Analisar. Revisar. Ler a realidade por meio do seu método muito particular de observação. As conclusões a que chegava eram surpreendentes. Com poucos dados, que para a maioria das pessoas passavam totalmente despercebidos, ela podia resolver qualquer tipo de mistério. Não havia nada que lhe fizesse mais feliz do que encontrar o fio solto. Colocar no lugar certo a última peça de um quebra--cabeça, jogo que a divertia enormemente. Seus favoritos eram os de mais de mil peças. Ela os armava sobre a mesa da sala de jantar, e sua condição obsessivo-compulsiva a obrigava a permanecer sentada até terminar, ou até ter que sair para o trabalho. Podia passar noites inteiras acordada. Se por acaso dormisse, sonhava com a forma como deveria posicionar esta ou aquela peça. O mesmo acontecia desde a morte do administrador distrital. Sua mente não parava de analisar os eventos sob diferentes perspectivas. Lupita tinha visto o administrador morrer mais de cem vezes em sua cabeça. Em câmera lenta e acelerada. Da frente para trás e vice-versa. Sabia, segundo a segundo, o que havia acontecido quando o mataram ou o que ela acreditava que havia acontecido. No entanto, não sabia nada de nada. A chegada de Tenoch lhe proporcionou a oportunidade de se comunicar com o exterior e de obter os dados que lhe faltavam para iluminar seus pensamentos e deixar de lado o tormento mental que a acompanhara por semanas.

Foi um dia luminoso. Lupita se sentia tranquila apesar da agitação da véspera. Depois dos pistoleiros atacarem a comunidade e depois de ela ter quebrado o pescoço de um deles, um carro chegou. Os cães foram recebê-lo com alegres latidos. Tenoch vinha dirigindo e, ao seu lado, estava Conchita Ugalde, sua mãe. No banco de trás, um homem que Lupita não conhecia.

Lupita se surpreendeu ao ver o carinho e o respeito com que todas as mulheres da comunidade tratavam Conchita. Para ela, aquela era apenas a vigia dos banheiros do lugar onde costumava dançar, só isso. Nunca imaginara que a senhora era nada mais nada menos do que uma venerável xamã; nem que o famoso Tenoch, também xamã, era seu filho.

A ideia que Lupita fazia de Conchita estava tão distante da realidade que, mais uma vez, ela comprovou que não deveria confiar no que seus olhos viam. Conchita, por sua vez, cumprimentou-a carinhosamente, como sempre. Com a mesma deferência. Carmela, a amiga indígena de Lupita, fitou-a com admiração, ao ver que ela também era amiga de Conchita. Do lado de fora das choças, foram armadas umas mesas e se organizou um café da manhã para os recém-chegados, que consistiu em uns *tamales* com café. Tenoch agradeceu os alimentos que eles iam ingerir e, em seguida, apresentou Salvador Camarena, seu acompanhante e colaborador. Durante a refeição, as mulheres e os anciãos do lugar contaram a Tenoch e a Conchita o que acontecera na véspera. Comentaram que já tinham cavado um túmulo para enterrar o corpo do pistoleiro, mas aguardavam as instruções para prosseguir. Tenoch consultou Conchita e informou que primeiro deveriam fazer uma cerimônia de purificação e depois uma sessão de cura com os que haviam tido suas emoções alteradas pelos fatos recentes.

Ao fim do café da manhã, todos agradeceram, levantaram-se e cada um começou a trabalhar na organização das cerimônias. Lupita perguntou a Carmela como podia colaborar. Carmela disse que, na condição em que se encontrava, a única coisa que podia fazer era ajudar a passar as roupas que seriam utilizadas nos rituais. Não podiam ter pedido melhor ajuda! Passar roupas era a especialidade de Lupita.

Instalou-se no centro da choça e começou a engomar a roupa que lhe indicaram, coisa que era bastante complicada para ela, porque dentro da comunidade só utilizavam ferro a carvão. Por sorte, Lupita também sabia usar esse tipo de ferro. Enquanto acendia o fogo para fazer brasas, pensou que, se tivesse à mão um ferro a vapor, acabaria muito mais depressa. Era inútil imaginar essa possibilidade, pois onde viviam não havia energia elétrica. Os objetos de uso pessoal que aquelas mulheres preferiam eram os que podiam ser utilizados em qualquer lugar e sob qualquer circunstância. Frequentemente as comunidades eram forçadas a se mudar para evitar os ataques dos narcotraficantes e, em sua fuga, levavam somente o mais necessário. Todos tinham que se manter despercebidos. Ocultos. Por essa mesma razão, preferiam não usar celular. Assim, evitavam ser localizados por GPS. Vivia-se de maneira elementar, mas muito ligada à natureza. Realmente, Lupita descobrira o prazer de cuidar da vida, assim, simplesmente. Plantar, colher, captar água da chuva, criar galinhas, recuperar a saúde por meio da utilização de plantas medicinais. A ervanaria era uma tradição importante, de conhecimento ancestral que se transmitia de boca em boca e que, em lugares onde não havia médicos, era de vital importância. Durante a estada de Lupita nessa escola de vida, as mulheres lhe mostraram a forma como tratavam umas às outras, usando o poder de cura contido em cada planta e compartilhado com ela a sabedoria herdada de gerações de mulheres e homens sábios que escutam e veem muito além dos sentidos.

Lupita já tivera a sorte de comprovar a importância desse conhecimento. Um dia lhe coube auxiliar uma parteira tradicional, e jamais esqueceria esse fato. Duas mulheres pertencentes a uma comunidade próxima vieram pedir ajuda. Uma das integrantes estava prestes a dar à luz. O bebê que ia nascer estava sentado, e nenhuma delas sabia como atendê-la, por isso precisavam de ajuda.

Nessa manhã, todas as outras mulheres estavam trabalhando no campo, de modo que Lupita se ofereceu para acompanhar a parteira. Saíram imediatamente. Viajaram em lombo de burro até chegar ao lugar onde dariam assistência ao parto. Quando Lupita viu que a jovem que estava dando à luz tinha problemas de pressão, pensou o pior. A parteira nem se alterou. Pegou um pedaço de pano, rasgou-o e deu a tira a Lupita para que ela amarrasse a coxa da parturiente e fosse apertando e soltando, conforme sua indicação. Controlaram a pressão dessa maneira. A parteira, com grande habilidade, acomodou o bebê para que nascesse bem e perguntou se tinham tesouras para cortar o cordão umbilical. Responderam que não. Não havia nada, só uma garrafa de cerveja. A parteira pegou a garrafa e a quebrou. Passou um dos pedaços pelo fogo de uma vela, a única coisa de que dispunham para esterilizá-lo. Com esse caco de vidro, fez o corte. Ali, no chão de terra e sem nenhum tipo de higiene, Lupita presenciou o milagre da vida. Este grande mistério. Esta aproximação à luz. Este dar à luz.

Nesse dia, aliás, instalou-se em sua mente uma lembrança que ela não sabia situar. O som da garrafa ao se quebrar quis estabelecer uma conexão em sua cabeça, mas não conseguiu. Lupita deveria manter seus cinco sentidos concentrados no que estava fazendo, de modo que não pôde se aprofundar na lembrança. Não percebeu na hora, mas isso viria a ser uma das partes do quebra-cabeça que precisaria armar para esclarecer a morte do administrador distrital.

Tratava-se de um som. Um simples som, que em algum momento ela teria escutado. Todo som anuncia um movimento. O latido de um cão indica a aproximação de uma pessoa. O crepitar do lume no fogão é sinal de que há no ar uma energia que se move. O toque do celular é a ressonância do pensamento de uma pessoa que deseja alcançar outra. Escutá-la. Saber dela. Acalmar a saudade, a falta e a distância.

Lupita pedira a Tenoch o favor de lhe permitir carregar a bateria do seu celular. Tenoch concordou, ligou o motor do carro e eles conectaram o aparelho. Quando o celular estava suficientemente carregado, Lupita pôde ver na tela uma infinidade de chamadas perdidas de Celia e do comandante Martínez; seus olhos se encheram de lágrimas. A primeira coisa que fez foi ligar para a amiga.

— Celia?

— Lupe? Ai, mana! Achei que você estava morta!

— Eu sei, por isso estou ligando.

Ao escutar a voz dela, Celia não pôde conter as lágrimas.

— Não chore, Celia, estou bem. E você, como vai? Também estou preocupada com você.

— Andava com o coração na mão! Onde você está?

— Em um lugar seguro.

A própria Lupita se admirou por estar pronunciando a mesma frase que Tenoch havia usado no dia em que a levou para a comunidade. Agora entendia a importância de que ninguém soubesse a localização exata de onde se encontrava. Lupita falou um bom tempo com Celia.

Sua querida amiga quebrou o recorde de pronunciar centenas de palavras sem respirar. Contou tudo o que pôde. Começou pelo lado agradável dos acontecimentos recentes, antes de entrar na narração dos desagradáveis. Lupita soube que a celebração da Paixão tinha corrido bem apesar de tudo, que dom Neto, o substituto de Judas, suportou bem os insultos do público e que somente no fim se ofendeu e quase bateu em um sujeito. Que a peruca do lavador de carros não caiu. Que a maquiagem aplicada por ela, Celia, no rosto das pessoas não tinha escorrido, e outras coisas do gênero. No fim, Lupita ficou sabendo que seu apartamento tinha sido invadido e que gente de La Mami rondava sua casa. Celia também informou que o comandante Martínez andava a procurando, mas não escondeu as dúvidas que alimentava em relação à inocência do comandante no ataque ao Centro de Reabilitação. Lupita o defendeu imediatamente. Seu desejo de ter razão a impelia a buscar a inocência desse homem que tanto a agradava. Depois de falar com Celia, ligou para o comandante Martínez e, quando o ouviu, sentiu o coração dar um salto. O tom de voz dele refletia sinceridade. Notava-se a léguas de distância que o comandante estava enormemente satisfeito por falar com ela.

— Lupe, que bom saber da senhora.

— Obrigada, mas o que é isso? Depois daquela noite, ainda nos tratamos por senhor e senhora?

— Pois é, pois é, desculpe, é que sou do norte, e esse é o tratamento que costumamos usar na minha terra. Como vai?

— Muito bem, me recuperando.

— Fico muito contente, pensei muito na senhora, estava preocupado.

— Graças a Deus, estou bem e me recuperando.

— E onde está? Se é que se pode saber.

Lupita pensou um segundo, antes de responder. As suspeitas de Celia em relação ao comandante haviam deixado marcas. Sua hesitação foi percebida por Martínez, que logo se antecipou:

— Se não quiser, não me diga. Aliás, é melhor que não mencione o lugar por telefone, por via das dúvidas. O importante é que a senhora está bem e em recuperação. Só queria mesmo notícias suas, pois temia o pior. Seu telefonema salvou o meu dia. A senhora sabe que estou às ordens e disposto a apoiá-la no que estiver ao meu alcance.

— Obrigada.

— De nada. Quando puder, me telefone, e não esqueça que temos uma saída para dançar pendente.

— Obrigada, obrigada. Ligo assim que for possível.

Encerrada a conversa com Martínez, o cérebro de Lupita funcionou melhor do que nunca. Por um lado, ficou-lhe claro que não tinha sido Martínez a denunciar o lugar onde ela estivera. Se fosse um informante dos traficantes, teria insistido em saber sua localização, coisa que não fez. Muito pelo contrário: procurou protegê-la. O coração dela bombeava alegremente o sangue, e isso lhe permitiu estabelecer conexões corretas. Deduzir com grande rapidez. Se La Mami mandara invadir sua casa, era porque buscava algo importante que ela possuía. Algo que não queria que viesse à luz. Claro que Lupita não se lembrava de que havia dito a La Mami que estavam em seu poder umas provas que podiam destruí-la. Quando disse isso, estava totalmente embriagada. O que podia prejudicar La Mami? Ela era uma pessoa poderosa, que gozava de completa impunidade. Os administradores que, nos últimos anos, tinham passado pelo distrito obtiveram a maioria dos votos graças a ela, por isso mesmo todos e cada um deles lhe davam proteção e apoio, embora tivessem pleno conhecimento das atividades ilícitas. Com enorme dor no coração, Lupita incluiu na lista o doutor Larreaga. As evidências indicavam que ele tinha feito um acordo com La Mami. Sim, mas o que Lupita tinha a ver com isso? O que poderia saber? O que poderia dizer que prejudicasse La Mami?

A própria Lupita fazia vista grossa quando percebia que, em algumas das bancas dos vendedores ambulantes, os falsos artesãos vendiam droga. De nada adiantaria denunciá-los, se estavam protegidos pelas altas autoridades. Além disso, evitava-os e, com dificuldade, lhes dirigia uma saudação. Bom, também tinha que reconhecer que, nos últimos dias, não só se aproximara deles como também comprara entorpecentes. Claro! Se uma série de eventos acontece ao redor de uma pessoa, é porque essa pessoa é o fio condutor de todos eles, ou seja, Lupita era essa fibra solta dentro do tecido de corrupção que abarcava a administração pública. Se La Mami não havia parado de procurá-la, era porque não tinha encontrado o que queria. Aquilo que Lupita ainda possuía. E o que ela possuía?

Saíra fugindo do Centro de Reabilitação vestindo uma camisola. Um momento! Estava com o celular! Quando Celia a internara, Lupita lhe dera seus pertences para guardar, mas, quando já estava instalada em seu quarto, pediu que a amiga devolvesse o celular. Celia disse que não podia fazer isso, pois um dos requisitos do Centro de Reabilitação era justamente que os pacientes passassem ao menos por um período em isolamento. Lupita suplicou. Disse que o guardaria dentro do gesso da perna, e assim ninguém perceberia. Celia entregou os pontos e Lupita fez o prometido. Escondeu cuidadosamente o aparelho dentro do gesso e só o tirava durante a noite. Na verdade, não queria o celular para falar com ninguém, mas para jogar Fazenda Feliz, um joguinho virtual no qual era viciada. Graças a isso, estava com o celular em suas mãos. Ali deveria haver alguma informação vital. Regozijou-se amplamente por ter conseguido escapar do tiroteio ilesa e com o aparelho, mas logo se lamentou por não ter levado o carregador antes de sair: não teria demorado tanto a saber o que acontecia. Embora talvez tivesse sido melhor assim. O fato de não poder falar por telefone lhe permitira se incorporar muito melhor à comunidade indígena. Curiosamente, desde sua chegada, Lupita sequer tivera vontade de rever sua Fazenda Feliz. Seus pobres animaizinhos deviam estar mortos de fome. Ligou o aparelho e começou a procurar os dados armazenados. Exceto as chamadas perdidas do comandante Martínez, de Celia e de um ou outro amigo, havia mensagens dos seus superiores na corporação policial, exigindo-lhe que se apresentasse imediatamente para trabalhar. O capitão Arévalo, em tom furioso, informava que ela estava demitida.

Quando terminou de ver as chamadas, prosseguiu com as mensagens de voz e encontrou somente uma, de Conchita Ugalde, que nunca lhe telefonara. Lembrou que a última vez em que a vira tinha sido no banheiro da casa noturna, quando Conchita a ajudou depois que ela vomitou. Conchita pedira seu número para se manter em contato com ela.

Passou então às fotografias e não encontrou nada relevante. Por último, examinou os vídeos. Em um deles, se vê Lupita, totalmente alcoolizada, prestes a entrar em um bar que vende pulque. Ela mesma está filmando, de modo que a cena se move constantemente. Lupita fala para a câmera:

— Aqui é Lupita, a *chapadita* — festeja, com risadas —, transmitindo para os senhores da *pulquería* El Gatito. — Mais risadas. — É, porque o *gatito* está coçando o... — A risada não a deixa terminar a frase.

O telefone cai das suas mãos. Ao tentar apanhá-lo, Lupita perde o equilíbrio e despenca no chão. Não consegue se levantar.

— Aiiii! Que porrada levei!

Aí termina o vídeo. Os seguintes são igualmente lamentáveis. Lupita os fez durante a "visita aos sete botecos", realizada no lugar da visita às sete casas, recomendada na festa da Paixão. De repente, abriu um vídeo que correspondia ao último boteco. Nele se vê Lupita diante do balcão, tomando uma tequila com uma das mãos e se filmando com a outra. Um funcionário se aproxima e pede que guarde o celular, porque ali não é permitido fazer fotos nem vídeos. Lupita fica agressiva, o que faz com que a coloquem para fora pela porta dos fundos. Em nenhum momento Lupita deixa de se filmar; é possível ver que os funcionários tentam tomar seu telefone, mas Lupita se defende furiosamente com voadoras que nunca acertam o alvo. Os funcionários praticamente a jogam pelos ares sobre a calçada e, quando Lupita cai no chão, o celular escapa das suas mãos. As cenas que se seguem são totalmente confusas entre luzes, mãos, pés, cimento e sapatos. O áudio continua funcionando.

— Ah, que filhos de uma puta! Não querem vídeos, como assim? Sou Lupita, a *chapadita*! A rainha das reportagens... Pois agora vão ver como filmo vocês, seus *putitos*...

Do ponto de vista do celular, que continua no chão, é possível vê-la, de quatro, tentando alcançar o aparelho. A câmera mostra o rosto transtornado de Lupita, que diz lentamente:

— Mas o que é isso?

Acionado por Lupita, o celular gira e filma, através de uma janelinha situada ao nível do piso, o interior de um porão onde uns homens contam dinheiro e depois o guardam dentro de caixas de sapato. Nesse instante, o movimento da câmera indica que Lupita ajusta a tomada e faz uma aproximação. Depois, como a câmera se estabiliza e permanece fixa, nota-se que Lupita deixou o celular apoiado na janela. A tela mostra o momento em que La Mami entra no porão. Logo Gonzalo Lugo se aproxima para recebê-la e a pega pelo braço. Os dois vão até a janela para conversar o mais longe possível dos homens que contam dinheiro; sem saber, ficam pertíssimo da câmera de Lupita.

— O que aconteceu, Lugo? Quanto você juntou?

— Só cinquenta milhões.

— Não dá para merda nenhuma. Em uma campanha política como a que o doutor Gómez planejou, se gasta isso por dia. Não esqueça que não estamos falando apenas da porcaria de um distrito, porque depois ele vai se lançar para chefe do governo do DF.

— Eu sei, chefa, mas é que as vendas diminuíram.

— Diminuíram como? Elas não se controlam sozinhas. Nós que as vendemos. Seu pessoal não está se mexendo o suficiente.

— O problema é que dois dos nossos vendedores passaram para as fileiras de Salvador.

— E você não falou com esse tal de Salvador? O que ele quer? Qual é o preço?

— Já falei, mas ele anda com aquelas idiotas dos guerreiros da luz e não quer fazer negócio.

— Pois então mande um recadinho para ele. Até parece que é calouro nisso... Não podemos perder a oportunidade... Ah, entregou a Gómez o dinheiro, nas mãos dele?

— Sim, e disse que era da parte da senhora, claro.

Esta última frase se confunde com o som que Lupita produz enquanto vomita. La Mami, alarmada, pergunta:

— Quem está aí fora? Mexam-se, seus frouxos, vão ver quem é.

Nesse ponto, o vídeo termina. Era isso que La Mami estava procurando! Tudo começava a fazer sentido. O vídeo era muito importante. Lupita tinha que preservá-lo. Sua mente analítica girava loucamente. Gonzalo Lugo, em sua conversa com La Mami, mencionara o nome de um tal Salvador. Poucos minutos antes, quando fora buscar seu celular na choça onde estava Tenoch, passara por Salvador, o homem que acompanhava o xamã. Salvador estava sentado no chão, rodeado por um grupo de meninos aos quais ensinava como talhar a obsidiana. Ao seu lado, um cesto com pedaços de todos os tamanhos; ele os distribuía entre todos, junto de umas luvas, para que protegessem as mãos. Lupita pensou: que bom, porque as lascas de vidro fazem cortes feios. Ela já observara os meninos fabricando flechas. Todos praticavam o tiro com arco, mais como uma estratégia de guerra do que como esporte. Os traficantes atacavam os moradores das comunidades com um poderoso armamento, mas eles reagiam com outro tipo de arma. Salvador cumprimentou Lupita com um aceno e ela respondeu à saudação. Em seguida, ele quis saber sobre a costela fraturada e Lupita disse que estava muito melhor, mas logo caiu em si e perguntou:

— E como o senhor sabe que quebrei a costela?

— Trabalho no Centro de Reabilitação onde a senhora esteve internada. Aliás, eu que preenchi a sua ficha de entrada.

Trocaram breves comentários sobre o que havia acontecido e sobre a investigação policial que havia sido feita, mas Lupita tinha urgência em pegar seu celular, de modo que se despediu amavelmente e continuou seu caminho. Esse Salvador seria o mesmo que estava roubando colaboradores de La Mami para recrutá-los em suas fileiras?

Suas especulações foram interrompidas por Carmela, que veio perguntar se ela já havia passado a roupa, conforme pediram. Lupita se desculpou. Ainda não tinha passado, mas faria isso dali a pouco, porque as brasas para o ferro já estavam acesas.

A primeira coisa que chamou a atenção de Lupita foi o odor que se desprendia do branco *huipil* de Conchita. Cheirava a sabão em pó. Estava recém-lavado, mas não tinha sido corretamente exposto ao sol. Lupita já se acostumara ao aroma agradável que emanava dos trajes das mulheres indígenas. Era uma roupa que cheirava a sabão em barra, a lenha queimada, a sol e a brisa de montanha. A de Tenoch e Conchita cheirava a cidade. Terminou com o *huipil* em cinco minutos e passou à camisa de Tenoch. Na hora em que a estendeu sobre a mesa, descobriu que aquela era a camisa do administrador distrital! A mesma que havia mencionado no primeiro depoimento ao Ministério Público. O que fazia essa camisa em meio à roupa de Tenoch? Ela estava segura de que era a mesmíssima camisa. A ruga marcada no colarinho era inconfundível. Lupita se lembrou do momento em que a tinha visto e criticado.

Dirigia a operação de trânsito do lado de fora da escola para idosos que o administrador distrital inauguraria. Assim que o automóvel dele chegou ao local, Lupita, fazendo alarde pela maneira como utilizava o apito para agilizar o fluxo de veículos, fez-se notar. O administrador desceu do banco traseiro do carro, auxiliado por Inocencio, seu motorista e objeto principal dos devaneios de Lupita. Nesse momento, o doutor Larreaga passou perto dela e Lupita percebeu que a camisa dele tinha uma ruga bem marcada no colarinho. De imediato julgou e condenou a pessoa que havia engomado a peça daquela forma. Será que a esposa do administrador não sabia passar roupas? Ou será que não tinha ninguém que fizesse isso por ela? Era lamentável que uma figura pública fosse aparecer em tantas fotos com uma camisa naquele estado.

Lupita alisou a camisa. A ruga continuava ali e não era necessário se perguntar como havia permanecido no lugar depois de ter sido submetida a uma boa lavagem. Era simplesmente porque "ruga marcada, ruga conservada". Sabia muito bem disso!

A camisa chegava à sua vida tarde demais e, ao mesmo tempo, bem na hora. Como assim? Ela não podia voltar até dias atrás e esfregar a camisa na cara do agente do Ministério Público para demonstrar que nunca estivera equivocada ao considerar que a ruga deixava aberta uma linha de investigação. Porém ainda dava tempo de resolver a misteriosa morte do doutor Larreaga. Para começar, podia comprovar que a camisa pertencia a ele porque, além da ruga, as iniciais do doutor estavam bordadas no bolso, o que constituía uma prova irrefutável. Lupita não pôde continuar com suas reflexões porque Carmela chegou para buscar as peças e pedir a ela que assistisse à cerimônia de purificação prévia ao enterro do pistoleiro. Era muito importante que estivesse presente, por ter sido a pessoa que o tinha matado. Lupita concordou sem reclamar, embora, dentro da sua cabeça, houvesse toda uma revolução de dúvidas. Vestiu um *huipil* branco que Carmela lhe emprestou e fez umas tranças no cabelo.

A cerimônia em questão foi muito interessante. Enquanto Conchita passava o incenso por todas as pessoas que participariam, um grupo de mulheres cantava e tocava os tambores. Depois a xamã passou pelos assistentes um ramalhete de flores, dos pés a cabeça, para garantir que o corpo deles ficasse livre de más energias. Em seguida, envolveram o corpo do pistoleiro em um rebuço, espécie de manta, que serviu de mortalha. Por fim, Conchita deu início à cerimônia com estas palavras:

Sagrada Mãe Terra, recebe este homem
embuçado.
Limpa seu coração.
Abre seu coração.
Que o alimento divino que lhe deste
se transforme de novo em alimento.
Que seu sangue e sua carne sejam
alimento bom.
Corta com treze navalhas de obsidiana
seus vínculos com a escuridão.
Que esta obsidiana rasgue o manto negro
que cobre sua alma e lhe permita voltar à luz
e reconhecer seu verdadeiro rosto.
Virgem de Guadalupe, cubra-o com teu manto
de estrelas, e transforme-o em
guerreiro da luz.

Conchita tirou de entre suas roupas um disco de obsidiana e o colocou sobre a manta que cobria o pistoleiro, bem à altura do coração. Começaram a baixar o corpo para o interior da terra, ajudados por umas cordas que Tenoch e Salvador Camarena seguravam, enquanto quatro mulheres tocavam tambor. Lupita escutou com deleite os cantos. Sentia-se parte da cerimônia. Na verdade, tanto o *huipil* de Conchita quanto a camisa do administrador, que Tenoch vestia, estavam impecavelmente engomados graças a ela. Não havia dúvida de que Lupita era especialista na arte de passar a ferro. Em determinado momento, o disco de obsidiana que Conchita colocara no peito do pistoleiro escorregou e caiu sobre uma pedra. Despedaçou-se. O som do vidro ao se chocar contra a pedra era um som que Lupita trazia guardado em sua mente. Essa foi uma das primeiras peças do quebra-cabeças que se encaixaram no lugar certo. Em seguida, deixaram-se encaixar ininterruptamente vários eventos isolados, que na cabeça de Lupita começaram a se enlaçar.

LUPITA GOSTAVA DE PERGUNTAR

Lupita gostava de perguntar.

Saber o porquê e o para quê das coisas. Conhecer as causas ocultas que impeliam os indivíduos a agirem desta ou daquela maneira. O que mais a intrigava era saber por que as pessoas ficavam em silêncio diante das injustiças, dos abusos e da ilegalidade. Não se referia precisamente ao fato delas se manterem passivas ante os atos de corrupção, mas sim ao de não darem importância a ações que se realizam em seus círculos próximos e que aceitam como parte do seu cotidiano, mesmo sabendo que aquilo está afetando a vida de muita gente. Por exemplo, não entendia como mulheres protegiam maridos estupradores e nunca os denunciavam. Ou aqueles indivíduos que sabiam que, em sua vizinhança, ou mesmo na casa ao lado, havia uma pessoa sequestrada e, por medo, calavam a boca. Também não entendia por que ninguém pensava em se aprofundar nas razões que levam uma pessoa a consumir drogas. Não era as metendo na prisão ou utilizando a repressão policial que se podia acabar com o tráfico de drogas. A ninguém ocorreu analisar por que nossos vizinhos do norte consomem a maior parte das drogas que são fabricadas no mundo? Por que se drogam tanto? Lupita tinha algumas respostas. Por muitos anos, a única opção que tivera à mão para evitar que as coisas continuassem acontecendo havia sido não vê-las, não escutá-las, não estar presente, ou seja, viver drogada. O que tanto querem evitar as milhões de pessoas que se drogam no mundo? O que esperam encontrar ao saírem dos seus corpos? O que buscam com tanto desespero? Será o espírito? Ou uma essência que os incontáveis produtos de consumo, que elas acumulam sem descanso, não possuem?

Desde que estava no campo, sua cabeça se enchera de novas dúvidas. Para que continuar trabalhando em uma corporação que não protegia as pessoas? Para que ficar sob as ordens de funcionários corruptos? Para que separar o lixo, se na verdade os caminhões da coleta acabavam misturando tudo? Para que utilizar sabões que contaminavam rios? Para que comprar e comprar e comprar e comprar tanta bobagem? Agora que só dispunha do suficiente, Lupita começava a encontrar outro significado para sua existência, mas, ao mesmo tempo, tinha mais perguntas do que nunca.

Em busca de respostas, aproximou-se de Tenoch em um momento em que o encontrou sozinho. O xamã guardava, numa mochila, os objetos com os quais tinha celebrado a cerimônia. Lupita se sentou ao lado dele e iniciou seu bem-intencionado interrogatório.

— Com licença, Tenoch, posso fazer umas perguntas?

— Todas que desejar.

Lupita não sabia como iniciar sua indagação. Para aquecer os motores, soltou no ar umas perguntas sem importância, enquanto organizava suas ideias.

— Quem lhe deu o nome de Tenoch?

— Minha mãe.

— Ah! E por quê?

— Sabe que não sei? Acho que sonhou com esse nome.

— Ah!

❉ TENOCH ❉

Tenoch era o nome de um caudilho asteca que iniciou a etapa dos Huey Tlatoanis. Coube-lhe fazer a primeira cerimônia do Fogo Novo, no ano de 1351. Ela se realizou em um lugar próximo ao Cerro de la Estrella. Em homenagem a ele, no ano de 1376, a cidade de Cuauhmixtitlán teve seu nome mudado para Tenochtitlán.

— E por que colocaram um disco de obsidiana sobre o peito do pistoleiro, antes de enterrá-lo?

— Para que ele se reintegre à luz.

— Por quê?

— Porque, se não o fizer, nós também não faremos.

— Não entendo.

— O que a senhora não entende?

— O que ele tem a ver conosco.

— É que nos teceram juntos.

— Quem?

— O universo. Tudo está enlaçado. Tudo vai junto. Se alguém se desconecta e se solta, altera a ordem do todo. Esse homem esqueceu quem era. Não lembrava mais. Vivia na escuridão.

— Sim, mas já morreu. Com cerimônia ou sem cerimônia no meio, a terra o receberia e o reciclaria do mesmo jeito.

— Pois é, mas ele não era só um corpo — disse Tenoch.

— Ou era? — indagou, com ironia.

— Não sei.

— O corpo fazia o que ele ordenava, mas ele não sabia comandar a si mesmo. Veja, assim como nossos ancestrais, acreditamos que o universo tem um propósito e que somos parte dele. Tudo o que fazemos tem que estar de acordo com esse propósito para que se mantenha um equilíbrio entre luz e escuridão, entre dia e noite, entre vida e morte. Se ignoramos esse plano do cosmo, causamos um grande desequilíbrio que afeta não só nossa vida, mas também a vida do universo inteiro. Nos últimos tempos, criamos um desastre ecológico, econômico e social porque a escuridão, em seu afã por vencer a luz e abarcar tudo, busca aqueles que vivem sem propósito algum, fora da ordem cósmica. O homem que enterramos havia esquecido que era parte de nós. Tinha uma imagem falsa de si mesmo. Via-se em um espelho negro, por isso colocamos o disco nele.

— Como assim? Um espelho negro para que ele visse sua luz? Não entendo.

— A escuridão não é a ausência de luz.

— Continuo sem entender.

— A obsidiana reflete a luz porque a contém. Utilizamos a obsidiana afiada para cortar a escuridão e liberar a luz. Os espelhos de obsidiana são utilizados para esse fim. Para ver nosso lado escuro, mas também entrar em contato com nosso ser luminoso.

— Por isso o senhor matou o administrador distrital com um disco de obsidiana?

Tenoch sorriu e manteve silêncio por alguns segundos, antes de responder.

— Sim.

— E me diga, o universo requeria que o administrador morresse?

— Embora a senhora tenha perguntado com malícia, sim. Requeria. Em nosso país, cada dia mais gente está desconectada do todo. O uso das drogas propicia a desconexão. E o dinheiro produzido com o narcotráfico é utilizado para criar mais separação, mais caos e mais destruição. E as pessoas, sem plena consciência disso, procuram se reconectar com o todo mediante o uso das drogas, que as fazem abandonar seu corpo. Mas, em vez de se reintegrarem a essa energia universal, elas se desconectam cada vez mais, porque utilizam drogas em vez de plantas sagradas. E procuram os traficantes em vez dos xamãs. Chegou o momento da mudança. Temos que trabalhar a favor da luz. Temos que voltar para ela. Temos que nos conectar com ela. Acender o sol em nossos corações. Nossos antepassados nos legaram a herança do conhecimento para realizar uma cerimônia do Fogo Novo que corresponde ao movimento dos astros no céu. À harmonia. Ao equilíbrio de forças. O lugar propício para fazê-la é próximo ao Cerro de la Estrella. É um lugar sagrado, e é preciso que seja ali mesmo.

— E já não seria possível fazê-la lá, porque o doutor Larreaga deu o terreno a La Mami para construir uma praça comercial onde, além de artesanato, ela venderia drogas.

— Exatamente.

— A traição do administrador distrital fez com que ele merecesse a morte?

— A morte não existe.

Lupita responde com ironia:

— Pois meu filho morreu nos meus braços.

— Isso não quer dizer que esteja morto.

Lupita continuou respondendo com sarcasmo:

— Ah, não? E onde ele está?

— Em cada partícula do universo. No invisível... Sei que o fato de não poder vê-lo é intolerável para a senhora, mas isso não é o que mais dói.

— Não?

— Não. O que mais dói é não ter pedido perdão ao seu filho por tê-lo matado.

Lupita arregala os olhos, surpreendida.

— Celia contou?

— Que Celia?

— Esqueça...

— Ninguém me contou. Os maias tinham toda a razão quando afirmavam que o cosmo não é senão uma matriz ressoante, e que, se alguém se conectar com ele através do cordão umbilical do universo, pode obter toda a informação que desejar. É isso que faço. Eu me conecto. Gostaria de se conectar com seu filho?

— O senhor pode me ensinar?

— Posso guiá-la. Todo o resto é a senhora mesma quem faz.

Lupita fica em silêncio por um momento. Seu coração bate forte. Parece-lhe incrível que possa existir um modo de falar com seu filho. De fazer chegarem a ele todos os beijos que nunca pudera lhe dar. De lhe transmitir sua profunda tristeza, sua dor, seu arrependimento. De lhe contar o que havia sido sua vida sem ele. A única forma de comprovar se isso seria possível, ou não, era confiar em um assassino confesso. Em um homem que matara a sangue frio, mas que, ao mesmo tempo, a fitava com uma bondade que ela desconhecia até então.

— O que preciso fazer?

— Participar de uma cerimônia ritual.

— Faço o que o senhor mandar, mas antes, por favor, diga como foi que disparou o disco de obsidiana no pescoço do administrador distrital.

Tenoch sorriu, levantou-se e acenou a Lupita para que o seguisse. Conduziu-a até sua choça. Pegou uma mochila e tirou dali um simples artefato de madeira. Tratava-se de uma espécie de atiradeira que disparava bolas de gude e pedras por meio de um par de poderosos elásticos, daqueles que são utilizados para praticar esportes de alto rendimento. A atiradeira de Tenoch era muito comprida e tinha a particularidade de poder ser ocultada sob a manga da camisa. Acionava-se com um simples movimento da outra mão. Lupita e Tenoch saíram para o campo e ele fez uma demonstração da arma. Acomodou uma melancia em cima de uma mesa e tomou distância. Em seguida, ajustou a atiradeira no braço direito. Depois tirou de uma caixa de papelão um disco de obsidiana e o colocou no meio dos elásticos. Levantou o braço, apontou para a melancia e, com a mão esquerda, acionou um mecanismo simples que liberou o disco. O pedaço de obsidiana, ao acertar a fruta, atravessou-a de um lado ao outro sem o menor problema. Lupita se surpreendeu tremendamente com a simplicidade e a eficácia da arma. Com essa informação, quase tudo já estava esclarecido em sua mente. Lembrou-se do vídeo que o comandante Martínez lhe mostrara, no qual Tenoch aparentemente saúda o administrador distrital com o braço estendido e, instantes depois, o doutor Larreaga começa a sangrar. Ela já sabia como e com o quê Tenoch havia disparado, mas ainda tinha uma dúvida.

— A que horas e por que o administrador lhe deu a camisa?

— Ele me deu para que eu fizesse uma cerimônia de purificação. Alguém da sua equipe de confiança tinha lhe informado que o chefe de assessores, o doutor Gómez, acho que é esse o nome, contratara um feiticeiro para lhe fazer mal, e ele confiava em mim para que o protegesse; precisava da minha ajuda com urgência, mas como nesse dia ele não teria tempo para fazermos a limpeza, pedi que me desse sua camisa, já que com ela eu podia realizar a cerimônia sem sua presença. Nós nos encontramos no gabinete dele, depois que voltou da inauguração da escola para idosos. Quando o administrador estava trocando de camisa no banheiro, a secretária telefonou para o seu celular, mas falou tão alto que através da porta eu escutei tudo o que dizia. Ela informou que havia deixado sobre a escrivaninha dele os papéis da expropriação de nossos terrenos para que ele os assinasse.

— E assim o senhor soube que o administrador distrital os tinha traído e decidiu matá-lo.

— Isso mesmo.

— Uma última pergunta. Qual é o meu papel em tudo isso? Por que cuidaram de mim? Por que me trouxeram para cá?

— Porque uma lasca de obsidiana a escolheu. Quando minha mãe me ligou para dizer que uma lasca havia se cravado em sua mão, soubemos que a senhora estava destinada a ser uma guerreira da luz.

— E por isso, quando cheguei ao Centro de Reabilitação, Salvador lhes informou onde eu estava?

— Isto mesmo. A senhora é uma boa investigadora.

— Obrigada. Aliás, há um lavador de carros que também ficou ferido por uma lasca de obsidiana.

— Sim, já fizemos contato, e Salvador o está preparando. Mais alguma pergunta?

— Por enquanto, não.

— Eu tenho uma.

— Qual?

— A senhora vai me denunciar?

— Não, não se preocupe. Tenho em mente uma candidata melhor para ser denunciada.

— Tomara que seja quem imagino. La Mami trabalha para os guerreiros da escuridão e está empenhada em fazer com que não realizemos a cerimônia do Fogo Novo, porque seus negócios acabariam. Se as pessoas encontrarem a forma de se reconectar com o todo sem o uso das drogas, La Mami e todas as organizações criminosas estarão condenadas à morte.

— Bem, parece que os senhores também são bons investigadores. Como sabem que posso denunciar La Mami?

— Porque foram os operadores dela que metralharam o Centro de Reabilitação. De início acreditamos que era só uma espécie de vingança contra os membros da organização dela que haviam abandonado suas fileiras, mas, quando descobriram que a senhora estava internada lá e havia conseguido fugir durante o ataque, não pararam de procurá-la. Isso nos fez pensar a senhora deveria possuir uma informação muito comprometedora sobre o grupo criminoso de La Mami.

— Isto mesmo. A boa notícia é que vou utilizar essa informação, e o senhor vai poder fazer sua cerimônia do Fogo Novo. Isso eu garanto.

LUPITA GOSTAVA DE FAZER AMOR

Lupita gostava de fazer amor.

Acariciar. Beijar. Abraçar. Lamber. Gemer de prazer.
Gemer... gemer... gemer... Lupita acordou de repente.
Estava sonhando com o comandante Martínez e teve um
orgasmo mais real do que muitos dos quais experimentara na vida. Foi tão intenso o que sentiu que seus próprios
arquejos a despertaram. Ficou imóvel por um momento.
Desejou com toda a alma que suas companheiras de quarto ainda estivessem dormindo. Ficaria muito constrangida
se elas tivessem escutado. Seria muito mais vergonhoso
do que quando soltava um pum enquanto dormia. Essas
coisas costumam acontecer quando a pessoa compartilha
um quarto. Para Lupita, não era uma experiência nova.
Na vila onde crescera, tudo era compartilhado. De sons a
cheiros. Quando ela era criança, os tanques e os banheiros eram de uso comum. Os tanques nunca deixaram de
ser, já os banheiros passaram de coletivos a individuais

depois de uma remodelação em 1985, e a partir de então cada moradia dispunha de um banheiro particular, coisa que Lupita festejou muitíssimo. Ela achava uma chatice sair do seu quarto e atravessar o pátio sempre que precisava utilizar o sanitário. Todo mundo tomava conhecimento das suas intimidades. Sabia-se quando havia começado e quando havia terminado a menstruação das mulheres, ou que comida tinha caído bem ou mal em cada um dos habitantes da vila. Lupita, ao entrar no banheiro, podia detectar perfeitamente quem o tinha utilizado antes dela só pelo odor das fezes que permanecia no ambiente. Por meio da experiência de farejar as urinas e as flatulências de todos, Lupita desenvolveu um método de investigação muito particular. Descobriu que basicamente existiam dois tipos de pessoas: as que reprimiam os peidos, soltando-os aos pouquinhos para não fazer barulho, e as que os expulsavam sem o menor recato. O comportamento das pessoas no banheiro era altamente revelador. O sujeito ficava totalmente exposto ao escrutínio dos outros. Sua mãe comentava que, antes de ela nascer, a coisa era pior, porque os sanitários não tinham divisões, e os vizinhos se sentavam para defecar um ao lado do outro. Não só isso. Aproveitando a proximidade e a confiança, falavam dos últimos acontecimentos do dia e imaginavam as possíveis soluções. Por sorte, esse não era o caso dentro da comunidade na qual ela estava. Embora precisasse sair da choça para usar a latrina, tratava-se de uma individual, e não coletiva. Ou seja, contava-se com certa privacidade.

Lupita saiu antes que as outras se levantassem. Não queria nem mesmo que vissem seus olhos. Sentia que só de ver sua cara elas poderiam saber em detalhes seu sonho orgástico. Ainda sentia a respiração de Martínez sobre seu pescoço, e entre as pernas aquela deliciosa sensação prévia ao orgasmo. Lembrou-se de Martínez e da noite que passaram juntos. Lembrou-se do rangido da sua cama, da umidade nos lençóis. Seus lençóis! Não tivera tempo de lavá-los. Talvez fosse melhor. Quando voltasse, faria isso com mais disposição. Desse modo teria oportunidade de comprovar que as amorosas umidades dos amantes ficam impregnadas dentro das fibras dos lençóis e a qualquer momento podem ser utilizadas para serem oferecidas ao Sol. Esse era um dos motivos pelos quais Lupita não gostava de usar a secadora de roupa. Considerava que somente o Sol podia liberar corretamente a energia amorosa contida nos lençóis.

Mas, até aquele dia, sempre acreditara que fazer amor era coisa de casais. De corpos. De seres que se unem. Nunca havia experimentado o que era realmente fazer amor. Ser o amor! Ser a energia amorosa. Aquela que permite todo tipo de conexões: com a água, com as plantas, com os animais, com as estrelas, com os planetas, com as nuvens, com as pedras, com o fogo, com o todo e com o nada.

Esse conhecimento ela obteve depois de participar da cerimônia para a qual Tenoch a convidara. Para Lupita, foi um divisor de águas. Ela não fazia a menor ideia do que experimentaria, nem de como deveria se comportar. Apenas cumpriu ordens. Nas profundezas da selva reuniram-se vários integrantes da comunidade. Tenoch deu início à cerimônia ritual à sombra de uma árvore. Fez uma saudação aos quatro ventos e invocou a presença dos avôs e das avós. Depois, cada participante foi passando ao centro do círculo, onde Tenoch lhes oferecia um cachimbo que continha uma substância que se extrai das glândulas do sapo *Bufo alvarius*, normalmente chamado de *sapito*. Das 463 variedades de sapos que existem no mundo, somente essa espécie, proveniente do deserto de Sonora, contém nas parótidas uma substância que em estado natural é o-metil-bufotenina, um neurotransmissor. Essa molécula, quando é metilada com o fogo, transforma-se em 5-metoxitriptamina, 5-MeO-DMT, o mais poderoso de todos os neurotransmissores existentes na natureza. A bufotenina produz um efeito alucinógeno. Esse anfíbio tem a capacidade não só de armazenar uma enorme quantidade de neurotransmissores como a de proporcionar a enzima capaz de metilá-los, de tal forma que nossos corpos possam absorvê-los sem problema através do trato respiratório.

Quando a fumaça entrou em seus pulmões, Lupita soube tudo. Viu tudo. Escutou tudo. Entendeu tudo, mas não podia expressar nada em palavras.

Em sua vertiginosa travessia, viajou no tempo até antes de mares e céus se separarem, de rios e montanhas se formarem, antes de a primeira pena cobrir o peito dos quetzais. Antes de a primeira tartaruga cruzar os oceanos. Antes de o milho se transformar na fonte do sustento. Antes de os homens deixarem de dialogar com as estrelas. Antes de as mulheres inventarem o bordado. Antes de lavarem e passarem suas vestimentas. Antes de ela receber os primeiros maus-tratos, o primeiro golpe, a primeira ofensa. Antes de ser vítima de um estupro. Antes de seu filho morrer.

Antes de os políticos traírem a Revolução Mexicana, antes de se orquestrar a primeira fraude eleitoral, antes de o país ser vendido aos estrangeiros. Antes de serem delimitadas as fronteiras que separavam os países. Antes de ser desenhado um plano de desenvolvimento com base na exploração dos hidrocarbonetos. Antes de serem postos à venda os metais preciosos, as minas, as praias, os corais, os diamantes, o petróleo. Antes de a avareza dominar os governantes. Antes de serem organizados os cartéis que causavam tanta morte. Antes da própria morte, antes da ideia de que as coisas terminam, antes da culpa, do medo, do ataque.

Antes de o México existir.

Viu toda a sua vida. Desde quando estava no ventre materno até o dia da sua morte. Viu a história de todo o universo, desde o Big Bang até o fim dos tempos. Viu que, antes de se formarem as pedras, os rios, as árvores, tudo existia, e ao mesmo tempo uma voz dentro de seu cérebro lhe sussurrava "nada existe".

Nada e tudo existiam ao mesmo tempo. As coisas tomavam forma e desapareciam em uma velocidade inusitada. Em um segundo, o pó passava a ser lodo maleável e o espelho, estrelas se arrebentando depois da explosão.

Do nada surgiam corpos de argila que se erguiam e se destruíam segundo os caprichos da mente; mas nada era real, era um engano, uma ilusão. Para além de todo som, de toda forma, de todo sentimento, só havia luz. Só luz. Luz que se refletia em todos e em tudo. Lupita soube que em cada reflexo ela estava voltando para casa. A certa altura já não distinguia se estava viva ou morta. Já não era, já não estava, mas ao mesmo tempo estava em tudo.

Nada permanecia oculto. Nada doía. Os rostos que apareciam ficavam invisíveis aos seus olhos. A mente perdia a noção do você e do eu. As palavras se apagavam da língua e os nomes deixavam de existir. Milhões de partículas se moviam à velocidade da luz, mudando de aparência, de forma, de cor, mas sem nunca perderem sua luminosa interconexão. Viu milhares de fios de luz se entrelaçarem dentro e fora dela. Passou a fazer parte de um tecido intergaláctico. Uniu-se à vibração de milhares de violinos, de uma infinidade de tambores. Viajou ao centro das ondas, ao centro dos furacões, ao centro da cruz, ao lugar onde se unem o coração do céu e o da terra.

Viu os planetas dançando no céu. Compreendeu que os eclipses são um encontro de ciclos, de tempos. O tempo do sol e o da lua, unidos, formavam um todo integrado por um sol noturno e uma lua diurna.

Viu o que era e o que não era. Tal como se veem no céu as estrelas que há tempos deixaram de existir.

Compreendeu que a visão nada tinha a ver com os olhos. Na verdade, era sem eles que se podia observar.

Viajou até o fim dos tempos. Viu mudar a história do México e a do mundo inteiro. Viu pessoas organizadas de outra maneira. Com uma nova consciência. Também viu como sua vida se modificava por completo. Viu-se no futuro, entrelaçando seu tempo com o do comandante Martínez. Viu Tenoch acendendo o Fogo Novo na terra sagrada dos seus antepassados. Viu surgir do fogo uma infinidade de corações luminosos, voláteis, amorosos. Lupita se viu amando. Amando tudo e todos. Soube que fazia parte de cada poema, de cada beijo, de cada ato de amor. Sentiu o amor. O verdadeiro amor. O amor que não distingue. O amor que não separa. O amor que não permanece contido dentro de um corpo. E chorou de amor.

Tenoch se aproximou e começou a cantar no ouvido dela, ao mesmo tempo em que lhe dava leves golpes no peito.

> Deves encontrar o caminho
> para chegar à tua casa
> para chegar ao teu animal
> para chegar à tua roupa
> para chegar à tua vestimenta.
> Vem, vem.
> Vem, não permaneças no sonho.
> Que te acompanhem as quatro mães-anjos,
> os quatro pais-anjos,
> que chegues com o coração sereno,
> com o coração contente.
> Vem, não permaneças no sonho.

Tenoch pediu a Lupita que abrisse os olhos. Tinham se passado somente cinco minutos, mas, para ela, havia sido uma eternidade. Com dificuldade, ergueu as pálpebras. Tenoch disse: "Olhe para mim." Ela focou seu olhar e, em vez de Tenoch, viu seu próprio rosto refletido no do xamã. Voltou-se e se surpreendeu ao ver a si mesma não só em Tenoch, mas também em cada um dos integrantes da comunidade que estavam participando da cerimônia. Fixou o olhar nos olhos de Tenoch e, ao centralizá-lo, viu na pupila dele um túnel interminável, um buraco negro que a fazia viajar novamente entre diferentes dimensões de tempo e espaço. Nos olhos de Tenoch, viu os do seu filho. E entendeu que, antes de o menino se encarnar dentro do seu ventre, ela e seu filho já eram o mesmo e continuavam sendo. Nunca houvera perda nem separação. Nunca houvera corpos diferenciados entre mãe e filho. Sentiu que seu coração iria explodir de alegria, de amor. Abraçou Tenoch e, em seu abraço, encontrou todos. Sua mãe, seu pai, seu filho, todos aqueles que ela havia amado e aqueles que amaria.

Lupita soube que nunca havia deixado de amar. Que vivia desde o início dos tempos e que, desde esse momento, amou em cada partícula que se conectou com outra. Definitivamente ela amou, ela amava, e continuaria amando. Nesse instante, sua alma sarou. O melhor de tudo era que se Lupita, que tanta dor havia acumulado, que tanto pesar havia experimentado, tinha podido sarar e conectar-se com o todo, o México também podia.

Laura Esquivel
Coyoacán, 2014

Impresso no Brasil pelo
Sistema Cameron da Divisão Gráfica da
DISTRIBUIDORA RECORD DE SERVIÇOS DE IMPRENSA S.A.
Rua Argentina, 171 – Rio de Janeiro, RJ – 20921-380 – Tel.: (21)2585-2000